L'espoir pour horizon

BARBARA

CARTLAND

L'espoir pour horizon

Traduit de l'anglais
par Marie-Noëlle Tranchart

J'ai lu

Titre original
BEYOND THE HORIZON

1898

1

En selle sur un grand étalon noir, lord Andrew Dexter longeait le parc de l'institution des Cinq-Chênes, ce pensionnat très sélect où l'on n'accueillait que des demoiselles d'excellente famille.

Il mit son cheval au pas pour mieux examiner la sévère demeure entourée de pelouses et de massifs de roses que l'on apercevait à travers les arbres. De son regard gris-bleu qui ne manquait rien, il vérifiait les bois, les fourrés et les hautes clôtures qui entouraient cette vaste propriété de plusieurs hectares.

Sa monture fit un écart quand un écureuil fila presque sous ses sabots avant de grimper sur un tronc d'arbre et de disparaître dans le feuillage touffu.

Lord Dexter caressa l'encolure de l'étalon.

— Du calme, du calme… murmura-t-il.

Il se redressa, rejeta en arrière la mèche brune rebelle qui s'entêtait à tomber sur son front et repartit, toujours au pas, sans cesser de regarder autour de lui. Il semblait être à la recherche de quelqu'un ou de quelque chose.

Pour le moment, le parc était désert, mais lord Andrew Dexter savait que dans cinq minutes, une cloche résonnerait, annonçant la fin des cours. Les pensionnaires s'égailleraient alors dehors, ravies de profiter du beau temps et de jouer au volant ou au croquet. À moins qu'elles ne préfèrent, tout simplement, se promener à l'ombre des chênes centenaires en papotant sans fin.

Lord Dexter espérait avoir alors l'occasion d'apercevoir la jeune fille qui l'intéressait tout particulièrement.

Ah, la mission qui l'attendait n'allait pas être commode !

Perdu dans ses pensées, il avait laissé les rênes longues à son cheval. Celui-ci en avait profité pour emprunter un sentier menant au petit lac dont l'eau très bleue scintillait au soleil, à quelques dizaines de mètres en contrebas.

Des canards et des poules d'eau y évoluaient tranquillement, tandis que des libellules corsetées d'émeraude faisaient du surplace au-dessus de la surface miroitante.

Le cavalier obligea sa monture à revenir le long de la clôture. Il arriva devant une grille située à l'arrière du parc et retint un juron en s'apercevant que l'un des battants était grand ouvert ! Se penchant, il le fit claquer puis, avec sa cravache, ferma le verrou.

« À quoi bon ? se dit-il, très préoccupé. N'importe qui peut le rouvrir et aller se promener dans les bois. »

Plus grave encore ! Des personnes mal intentionnées pouvaient également s'introduire au pensionnat...

« Rien de plus facile : il suffit de passer leur main entre les barreaux pour faire coulisser ce verrou. »

Il avait souvent remarqué cette grille mais, la voyant toujours close, n'avait jamais pensé qu'elle représentait un danger.

En soupirant, il fit demi-tour et, cette fois, arriva devant la grille principale. Celle-ci était gardée par un vieux concierge en tablier de jardinier qui le salua avec obséquiosité.

Assise dans l'un des fauteuils au dossier droit du parloir de l'institution des Cinq-Chênes, toute vêtue de soie grise, depuis son grand chapeau jusqu'à ses bottines en daim, en passant par son ensemble en soie épaisse, lady Béatrice Remington avait l'air d'une statue.

Soudain, la statue s'anima. D'un geste impérieux, la vieille dame frappa le parquet ciré du bout de sa canne au pommeau d'ivoire incrusté d'argent.

— Comment cela ? fit-elle de sa voix dure.

Quand elle fronça les sourcils, Rosilda Harvey se demanda si elle l'avait jamais vue sourire.

S'efforçant de ne pas se laisser intimider, la jeune fille répéta :

— Ai-je bien entendu, tante Béatrice ?

— Parfaitement.

— Vous voulez que je reste à l'institution des Cinq-Chênes ? Pour toujours ?

Rosilda enfonça les mains dans les poches du tablier taché de peinture que les élèves devaient porter au-dessus de leur uniforme bleu marine lorsqu'elles avaient un cours de dessin. Elle était en train de donner les dernières touches à une triste nature morte : deux pommes et une orange, quand une employée était venue lui annoncer qu'elle avait une visite. Dans sa hâte de se rendre au parloir, elle n'avait pas pensé à ôter son tablier.

— Tante Béatrice, vous ne parlez pas sérieusement ! Ce n'est pas possible ! Je ne veux pas...

— Personne ne vous a jamais appris que l'on ne dit pas « je veux » et encore moins « je ne veux pas » ? coupa celle qui était en réalité sa grand-tante – et sa seule famille.

C'était la dernière année de pension pour Rosilda, qui avait eu dix-huit ans quelques semaines auparavant. La jeune fille était ravissante avec ses longs cheveux d'or pâle noués dans son dos à l'aide d'un étroit ruban de velours noir. Ses grands yeux bleus, frangés de cils interminables, d'ordinaire étincelants de vie, avaient pris une expression anxieuse.

— Pour toujours ? redit-elle avec effroi.

Lady Remington haussa les épaules.

— N'exagérons pas. Mais il faut voir la réalité en face. Tu viens de terminer tes études. Grâce au ciel, même si tes parents gaspillaient sans compter, ils avaient laissé suffisamment d'argent à la banque pour que tu puisses recevoir une éducation convenable dans cette excellente institution.

Les lèvres pincées, elle poursuivit :

— J'ai dû, malgré tout, ajouter une certaine somme de ma poche. Ce que j'ai fait très volontiers, m'estimant responsable de toi.

— Merci, ma tante, se sentit obligée de dire Rosilda.

— Grâce au ciel, mes responsabilités s'arrêtent là, enchaîna la vieille dame avec un soupir de soulagement. D'après le testament de ton père, tu devais être émancipée à dix-huit ans. J'ai pris le temps d'examiner ta situation avec mon notaire et mon avocat. Tu es désormais considérée comme étant majeure.

— Alors je peux faire tout ce que je veux ?

Lady Remington laissa échapper un rire moqueur.

— Sans argent, cela me paraît difficile. Or tu ne possèdes plus rien.

Rosilda baissa la tête. Elle savait que sa grand-tante ne l'aimait pas. Mais elle ne s'attendait pas à ce qu'elle le montre aussi ouvertement.

Même si cela lui coûtait de s'humilier, elle tenta un dernier effort.

— Je pensais que j'allais vivre avec vous dans la jolie demeure que vous possédez près de Londres, fit-elle, presque au bord des larmes.

Il lui fallait donc dire adieu à tous ses projets ?

— J'avais tant d'idées pour vous aider ! Je me serais occupée du jardin, je...

De nouveau, la vieille dame l'interrompit.

— Cette maison est vendue. J'ai l'intention de me rendre en Italie, où mon amie la baronne Eugénie m'a invitée à séjourner dans son palais, non loin de Florence. Par la suite, j'achèterai probablement une propriété en Toscane, cette magnifique région.

Rosilda faillit dire qu'elle serait ravie, elle aussi, d'aller en Italie. À quoi bon ?

« La situation est claire. Pour ma tante, je ne représente qu'un fardeau. Et maintenant qu'elle est dégagée de ses obligations, elle ne voudra plus jamais entendre parler de moi. »

— Mlle Landers, la directrice de cette institution, m'a dit qu'elle pouvait te garder afin d'aider les professeurs en titre, reprit lady Remington. Au début, tu ne recevrais pas de salaire, mais tu serais logée et nourrie. Par la suite, et si du moins si tu donnes entière satisfaction à Mlle Landers, ta position aux Cinq-Chênes pourra être reconsidérée.

Elle posa une enveloppe sur un guéridon.

— Voici dix livres sterling pour te permettre de subvenir à tes besoins immédiats.

— Merci, ma tante. Mais…

Rosilda s'interrompit, encore sous le choc.

Elle avait tant rêvé de la vie qui serait la sienne, au sortir de cette institution ! La perspective d'y rester enfermée lui paraissait intolérable. Quoi, elle allait tout doucement vieillir ici, sans jamais rien connaître du monde… ni de l'amour ?

Elle retrouva enfin sa voix.

— Vous voulez que… que je devienne institutrice ? Que je ne sorte pas d'ici ?

Feignant de ne pas l'avoir entendue, lady Remington poursuivit :

— Il paraît que tu es douée pour le dessin et la musique. Par ailleurs, Mlle Landers te trouve intelligente. Tu apprends vite – même si tu as une fâcheuse tendance à rêvasser.

Rosilda se sentit rougir. Car c'était la vérité... Comment pouvait-on passer des heures à écouter un professeur débiter son cours d'une voix morne, quand l'appel du monde extérieur se faisait si fort ?

Tous les matins, elle courait à la fenêtre de sa chambre et contemplait avec envie le paysage verdoyant. Oh, que n'aurait-elle donné pour pouvoir prendre un cheval et galoper à travers ces bois et ces prés qui s'étendaient presque à l'infini !

Au lieu de cela, elle devait aller s'enfermer dans une salle de classe pour apprendre les verbes irréguliers français ou résoudre des problèmes de robinets.

— Je pourrais peut-être obtenir un poste de gouvernante ? suggéra-t-elle. Tante Béatrice, j'ai déjà passé de longues années aux Cinq-Chênes. Il y a autre chose dans la vie ! Vous ne pouvez pas me demander de séjourner dans un pensionnat jusqu'à ma mort !

— Oh, toujours des exagérations ! fit la vieille dame avec agacement.

Elle se leva.

— Comme je l'ai déjà souligné, tu n'as pas le choix.

— Au lieu de rester ici, j'aimerais mieux avoir un poste de gouvernante...

— Mais tu es beaucoup trop jeune pour cela ! Les gens sérieux n'engagent pas de gouvernante de dix-huit ans pour leurs enfants. Dans quelques années, quand tu auras acquis suffisamment de maturité, tu pourras peut-être y songer.

L'existence qui l'attendait paraissait désespérément morne à la jeune fille. Malheureusement, prise en tenaille entre sa grand-tante et Mlle Landers, elle se rendait compte qu'elle n'avait pas son mot à dire.

Lady Remington souhaitait se débarrasser d'elle. Quant à Mlle Landers, elle devait être enchantée d'avoir une institutrice taillable et corvéable à merci – qui, de plus, nc lui coûterait pratiquement rien.

— Je suis désolée, Rosilda, mais tu n'as pas le choix, insista la vieille dame. Étant donné que tu n'as pas d'argent, la solution que Mlle Landers et moi avons trouvée me semble idéale. Tu devrais être heureuse au lieu de faire grise mine.

Elle se leva en s'appuyant sur sa canne.

— Et maintenant, je dois partir. Au revoir, Rosilda. J'espère que tu donneras toute satisfaction à la directrice de l'institution des Cinq-Chênes.

Sans mot dire, Rosilda fit une petite révérence. Sachant qu'un tel geste n'aurait pas été le bienvenu, elle n'avait pas tenté d'embrasser son austère grand-tante.

Lady Béatrice quitta l'école et monta dans sa calèche, satisfaite d'avoir accompli sa mission.

Elle n'avait jamais considéré que Rosilda faisait partie de sa famille, car elle estimait que la mère de cette dernière – la fille cadette du comte de Crowthorne – avait commis l'erreur de sa vie en épousant un pauvre pasteur, alors qu'elle aurait pu faire un très beau mariage.

Quelques années auparavant, le pasteur et sa femme s'étaient noyés dans un tourbillon, au cours d'une promenade en barque qui aurait dû être des plus paisibles. Et à sa grande consternation, lady Remington avait découvert qu'elle était devenue la tutrice de Rosilda.

« J'ai accompli mon devoir, se dit-elle avec satisfaction. À elle, désormais, de prendre son destin en main. »

Restée seule dans le parloir du pensionnat, Rosilda prit l'enveloppe et la glissa dans sa poche.

« Tout ce que je possède au monde. Dix livres sterling... » se dit-elle en s'efforçant de lutter contre ses larmes.

Elle avait peine à croire à ce que sa grand-tante venait de lui annoncer, elle qui rêvait tant de quitter le pensionnat. Certes, elle savait déjà que la vie auprès de cette glaciale vieille dame ne serait pas des plus divertissantes. Mais elle pourrait au moins se promener, dessiner... Et puis lady Remington avait beaucoup de relations. La jeune fille était sûre que les gens qui avaient des enfants de son âge l'inviteraient à des soirées, à des petites sauteries, à des pique-niques, etc.

La veille encore, elle parlait à ses amies de tout ce qui l'attendait. Il lui fallait dire adieu à tout ce dont elle avait rêvé ?

« Oh, ce n'est pas possible ! Si je reste aux Cinq-Chênes, je vais mourir d'ennui. C'est horrible... Je ne veux pas devenir une vieille fille aussi étriquée que Mlle Smith ou Mlle Jones ! »

Elle regarda autour d'elle. Les murs semblaient se rapprocher, l'oppressant... Il fallait absolument qu'elle sorte, qu'elle aille au grand air, qu'elle respire à pleins poumons et tente d'oublier ce cauchemar !

Tout en ôtant son tablier, elle quitta le parloir juste au moment où une institutrice au chignon gris passait dans les couloirs en agitant la grosse cloche de cuivre dont la sonnerie annonçait la fin des cours.

Les portes s'ouvrirent et les élèves se mirent à courir vers le parc.

— Doucement, mesdemoiselles ! Doucement ! les réprimanda la vieille demoiselle.

Rosilda lui adressa un coup d'œil horrifié. Elle avait l'impression de voir son image dans vingt ou trente ans.

« Je ne veux pas devenir comme cela ! Oh, non, non ! Tout, sauf cela ! »

— Rosilda !

Quelques pensionnaires de sa classe l'appelaient. Elle fit mine de ne pas les avoir entendues, sachant qu'elle éclaterait en sanglots si elles lui posaient des questions au sujet de la visite qu'elle venait de recevoir.

Dans moins d'une semaine, le dernier trimestre s'achèverait. Une joyeuse surexcitation s'était emparée du pensionnat... Les plus petites étaient ravies de retrouver leur famille. Les plus grandes qui avaient enfin terminé leurs études ne cessaient de parler de leur future entrée dans le monde, de bals, de réceptions... et des séduisants jeunes gens qui ne manqueraient pas de les courtiser.

Depuis la mort de ses parents, Rosilda passait l'été chez lady Remington. L'hospitalité de la vieille dame n'allait pas plus loin. La jeune fille ne songeait pas à s'en plaindre, car elle avait souvent eu l'occasion d'être invitée par les parents de ses amies pendant les vacances de Noël ou celles de Pâques.

« Cela ne risque plus de se produire ! » se dit-elle avec amertume.

Il n'était pas question qu'une institutrice sans le sou aille séjourner chez des industriels fortunés, des diplomates ou des aristocrates.

« À partir de maintenant, je vais devenir l'une de ces pauvres créatures qui tremblent sous la férule de Mlle Landers. Pire, je ne gagnerai pas un sou ! Ma tante m'a bien prévenue : je ne pourrai prétendre qu'au gîte et au couvert en échange de toutes les corvées dont on va me charger. Car je ne me fais aucune illusion : je vais devenir une sorte de domestique que l'on emploie par charité. »

Elle se jeta dans l'herbe haute, à l'ombre des grands arbres, et se prit la tête entre les mains.

« Ce n'est pas par orgueil que je raisonne ainsi. Je n'ai pas d'argent, et je comprends qu'il est tout à fait normal de travailler. Mais ce qui me désole, c'est de devoir rester enfermée ici, de ne jamais voir autre chose que les quatre murs du pensionnat des Cinq-Chênes. Comment pourrais-je le supporter ? »

— Rosilda, que vous arrive-t-il ? Vous vous êtes fait mal ?

La jeune fille eut envie de rentrer sous terre. Pourquoi fallait-il que ce soit justement la princesse Marianne de Karwinie qui la voie dans cet état ?

La princesse n'avait pas encore dix-huit ans, mais elle paraissait être plus âgée que la plupart des pensionnaires, tant elle était sûre d'elle.

Cette jolie brune aux boucles sombres et aux grands yeux verts était l'une des préférées des professeurs, qui vantaient son excellente éducation et sa gentillesse.

Les pensionnaires la jugeaient autrement. Elles la trouvaient gâtée, entêtée et égoïste. Mais ne fallait-il pas tout passer à la sœur du prince de Karwinie, le souverain d'une petite principauté de l'Europe centrale ?

— Vous êtes malade ? insista Marianne.

— Pas du tout. Je réfléchissais.

— Peuh ! Voilà qui est bien ennuyeux. Quand vous n'êtes pas en train de lire ou de dessiner, vous réfléchissez ! Si cela continue, vous allez devenir comme ces terribles femmes qui se croient aussi intelligentes que les hommes.

— Pourquoi ne les vaudraient-elles pas ?

— Peuh !

— Les femmes ne sont pas inférieures aux hommes, ce sont leurs égales.

— Peuh !

Marianne pivota sur elle-même en haussant les épaules. Elle était vêtue d'une ravissante toilette en mousseline rose pâle car, au contraire des autres élèves, elle n'était pas obligée de porter la robe bleu marine d'uniforme.

— Où allez-vous ? s'étonna Rosilda en la voyant s'éloigner vers le fond du parc.

D'ordinaire, Marianne recherchait la compagnie de ses condisciples. Elle adorait briller au milieu d'un petit groupe en détaillant par le menu les splendeurs du palais de Karwinie.

— Cueillir des fleurs des champs près du lac.

— On n'a pas le droit d'aller là-bas !

— Peuh !

— On n'a pas le droit d'aller là-bas sans être accompagnée par un professeur, insista Rosilda.

— Peuh ! Je me moque bien des stupides règlements de cette stupide école. Je suis la princesse de Karwinie et je fais ce qu'il me plaît. Si, aujourd'hui, j'ai envie d'aller cueillir des fleurs près du lac, j'irai. Et j'irai seule !

Rosilda vit la jeune Karwinienne atteindre la grille située au bout du parc, faire coulisser le verrou et sortir dans les bois. Elle regarda autour d'elle, espérant – en vain ! – apercevoir une personne ayant l'autorité suffisante pour intervenir.

Elle soupira.

« Quand je deviendrai moi-même l'un des professeurs de l'institution des Cinq-Chênes, il faudra que j'apprenne à faire face à des problèmes de ce genre », se dit-elle en se lançant sur les traces de la princesse.

Cette dernière avait prétendu vouloir cueillir des fleurs des champs. Rosilda n'en croyait pas un mot...

« Il y a sûrement une autre raison, sinon jamais elle n'aurait précisé qu'elle tenait à sortir seule, elle qui adore la compagnie. Par ailleurs, elle a mis l'une de ses plus jolies robes. Et elle paraissait très énervée. Je me demande si elle n'a pas arrangé un rendez-vous près du lac. Elle en serait capable ! »

Marianne parlait souvent des nombreux jeunes gens qui étaient amoureux d'elle. L'un d'eux l'aurait même suivie en Angleterre pour avoir le privilège de l'apercevoir de temps en temps. C'était du moins ce qu'elle racontait...

Jusqu'à présent, Rosilda n'avait pas cru à de telles histoires. Mais s'il y avait un fond de vérité dans tout cela ? En suivant la princesse vers le lac, c'était ce qu'elle se demandait.

« Quelle écervelée ! pensa-t-elle. Comment peut-elle se conduire d'une manière aussi imprudente ? »

Dès son arrivée au pensionnat, lord Andrew Dexter avait été accueilli par Mlle Landers. Il lui avait remis une lettre signée du ministre des Affaires étrangères. Très impressionnée, la directrice de l'établissement avait aussitôt envoyé une employée chercher la princesse Marianne.

La domestique n'avait pas tardé à revenir.

— La princesse est sortie dans le parc après la dernière leçon. Personne ne l'a vue depuis.

Lord Dexter fronça les sourcils.

— Il faut la trouver d'urgence. Je dois lui parler. J'y vais moi-même.

Sans attendre la réponse de Mlle Landers, il sortit du parloir, traversa le hall à grandes enjambées et descendit les marches du perron quatre à quatre.

Le ministre des Affaires étrangères l'avait chargé de veiller personnellement sur la jeune princesse. Et il savait déjà que cette tâche ne serait pas facile.

Rosilda courait dans le petit sentier qui menait au lac.

— Marianne ! Attention ! cria-t-elle. Ne vous approchez pas de l'eau, la berge est très glissante !

La princesse se retourna et éclata de rire.

— Quelle poule mouillée vous faites, ma pauvre Rosilda ! En Karwinie, j'escalade des montagnes. Je ne crains ni les rochers, ni la neige, ni la boue.

En pointant un index autoritaire en direction du pensionnat, elle ordonna :

— Retournez là-bas ! Je vous défends de me suivre.

Ne sachant que faire, Rosilda se contenta de rester là où elle était, en observant la princesse qui cueillait des fleurs au bord du lac.

Soudain, elle tendit l'oreille vers le parc.

— Marianne, je crois qu'on vous appelle !

L'ignorant, la princesse continua à confectionner son petit bouquet.

« Oui, on la cherche, se dit Rosilda. Je vais aller dire où elle se trouve. »

Elle s'apprêtait à partir quand un homme, surgi de nulle part, bondit sur la princesse. Il l'enlaça avec une telle ardeur que Marianne perdit l'équilibre et se retrouva dans l'eau.

— Attendez, j'arrive ! cria Rosilda.

Sans réfléchir une seule seconde, elle ôta ses bottines et sauta à son tour dans le lac. L'eau n'était pas profonde à cet endroit : elle leur arrivait seulement à la taille. Mais le courant s'engouffrait dans leurs longues jupes et la princesse, qui était tombée la tête la première, toussait et crachait.

— Au secours ! J'étouffe ! Je vais me noyer !

Rosilda la tirait vers la berge.

— Mais non, vous n'allez pas vous noyer. Arrêtez de vous débattre, vous…

Une voix masculine l'interrompit.

— Du calme ! Je vais vous sortir de là toutes les deux. Accrochez-vous à moi.

L'homme s'était agenouillé au bord du lac et leur tendait la main. Sans effort apparent, il tira la princesse hors de l'eau. Elle se laissa tomber dans l'herbe en toussant et en crachant plus que jamais.

— Je vais mourir !

— Sûrement ! se moqua-t-il.

Quand il tendit la main à Rosilda pour l'aider à sortir du lac, elle remarqua que c'était un très bel homme brun au profil aquilin.

— Petites idiotes ! fit-il avec colère. Jouer au bord de l'eau ! Voilà la princesse toute mouillée, maintenant ! Elle risque une pneumonie !

— Par ce temps ? ironisa Rosilda en tordant sa jupe trempée. L'eau n'était pas froide du tout !

Quand il la toisa sans aménité, elle soutint son regard.

« Il a failli me traiter d'insolente », devina-t-elle.

Il prit Marianne dans ses bras et, sans effort, l'emporta vers le pensionnat.

— Il faut que je la ramène, maintenant. Et dans un état…

Rosilda lui emboîta le pas.

— Vous pouvez vous débrouiller, vous ? lança-t-il sans même la regarder.

— Naturellement. Mais je dois vous dire que, premièrement, nous n'étions pas en train de jouer. Et, deuxièmement, que nous ne sommes pas des enfants ! Tout est votre faute. La princesse ne serait pas tombée à l'eau si vous ne lui aviez pas fait peur.

Il s'arrêta, se retourna et faillit éclater de rire en voyant les longs cheveux dégoulinants d'eau de la jeune fille encadrer son ravissant visage rosi par l'indignation.

— Je ne lui ai pas fait peur ! protesta-t-il.

— Et comment ! Vous étiez caché derrière un buisson. Marianne cueillait tranquillement des fleurs quand vous l'avez effrayée en la saisissant brusquement par la taille. Résultat, elle est tombée à l'eau. Oui, tout est votre faute !

— Que racontez-vous là ? Je n'ai pas touché à la princesse, sinon pour l'aider à sortir de l'eau, dit-il tout en poursuivant son chemin. Je la cherchais… En entendant des cris, j'ai couru jusqu'ici. Vous êtes sûre qu'un homme a sauté sur elle ?

— Puisque je vous le dis.

— Où est-il maintenant ?

— Je n'en sais rien. Il a dû s'enfuir. C'était probablement un gitan. Il y en a souvent dans les bois. Ils ne sont pas méchants... Mais je ne comprends pas pourquoi il a bondi sur Marianne comme il l'a fait.

Ils arrivaient dans le parc. Les pensionnaires, surexcitées par le drame, accouraient de tous les côtés. Elles poussaient des exclamations aiguës en voyant la princesse, en apparence inanimée, dans les bras d'un inconnu.

Mlle Landers arriva à son tour.

— Oh, non ! Mon Dieu, que s'est-il passé ? Princesse Marianne ? Rosilda ?

D'un ton accusateur, elle poursuivit :

— Vous avez toutes les deux été dans le lac ! Et maintenant, la princesse... Est-elle blessée, milord ?

— Non, mademoiselle. Elle a reçu un choc. Il faudrait lui donner un bon bain, une boisson chaude, des vêtements secs...

Là-dessus, il déposa Marianne sur le sol. En pleurnichant, elle s'accrocha à lui.

— Faut-il appeler un médecin ? demanda Mlle Landers.

Pour une fois, elle paraissait complètement dépassée par les événements.

— Un médecin pour un bain de pieds ? fit lord Dexter d'un ton sarcastique. Mais non ! Inutile de faire une tragédie pour si peu.

Marianne éternua.

— Vite, un bain chaud ! cria Mlle Landers.

— Je vais tout de suite le faire couler, mademoiselle, dit une employée en se mettant à courir vers le pensionnat, tandis que deux professeurs soutenaient la princesse pour l'emmener à l'abri.

Pour Rosilda, il n'était pas question de bain ni de boisson chaude... Mlle Landers se tourna vers elle d'un air sévère.

— Quant à vous, Rosilda Harvey, sachez que je suis très mécontente de votre conduite. Je ne m'attendais pas à voir l'un des membres de mon personnel se conduire de la sorte. Vous allez devoir m'expliquer comment vous avez laissé la princesse Marianne tomber à l'eau. Allez vous changer. Et soyez dans mon bureau dans une demi-heure.

— Mais ce n'est pas ma...

Ce n'est pas ma faute... avait-elle failli dire. À quoi bon ? Jamais Mlle Landers n'accepterait de croire à ses explications. Pour elle, la princesse ne pouvait pas avoir tort.

Et il en allait de même pour l'individu déplaisant qui était venu à leur secours ! Lui aussi semblait ébloui par la princesse. C'était à elle qu'il avait réservé tous ses soins, ignorant pratiquement Rosilda, qui avait pourtant fait de son mieux pour aider cette écervelée de Marianne.

« Et il savait qui elle était ! Je me souviens parfaitement de l'avoir entendu dire qu'il cherchait la princesse. Mlle Landers semble le connaître, puisqu'elle l'appelle milord. Mais bien évidemment, elle n'a pas jugé utile de me présenter. »

Il fallait qu'elle s'habitue à être désormais une entité inexistante. Un professeur gris, presque invisible parmi les autres.

Elle esquissa une rapide révérence. Mlle Landers la toisa d'un air dur, tandis que l'homme lui adressait un sourire amusé, presque complice.

« Il se moque de moi, ma parole ! » se dit-elle, furieuse, tout en se hâtant vers le pensionnat.

Elle arriva dans la chambre qu'elle partageait avec deux autres pensionnaires. Après avoir fait sa toilette avec de l'eau froide, elle revêtit une autre robe d'uniforme et frictionna ses cheveux mouillés à l'aide d'une mince toilette nid-d'abeilles. Puis elle les tira en arrière et les tressa en une seule natte épaisse.

Les conséquences de ce qui n'aurait dû être qu'un incident commençaient à lui apparaître.

« Mlle Landers est tout à fait capable de m'annoncer que je ne suis pas digne de faire partie de son équipe professorale. Dans ce cas, que vais-je devenir ? »

Autant la perspective de rester toute sa vie au pensionnat des Cinq-Chênes lui avait paru désolante, autant elle lui semblait maintenant enviable.

« Je n'ai pas d'autre famille que tante Béatrice, or elle ne veut pas de moi en Italie. Mon Dieu, que vais-je devenir ? se redemanda-t-elle avec angoisse. Où irai-je ? »

Après avoir consulté le petit réveil qui était posé sur sa table de nuit, elle s'aperçut que ce n'était pas le moment d'avoir des états d'âme. Il ne fallait pas faire attendre Mlle Landers !

Elle descendit et alla frapper à la porte du bureau de la directrice.

— Entrez !

Pleine d'appréhension, elle poussa le battant et, à sa grande surprise, se trouva devant le séduisant inconnu aux cheveux sombres et au profil aquilin.

— Mademoiselle Harvey... dit-il. Nous n'avons pas encore été présentés.

Il s'inclina légèrement.

— Andrew Dexter.

— Lord Andrew Dexter, corrigea Mlle Landers, qui se tenait debout derrière son bureau.

Elle hocha la tête en pinçant les lèvres.

— Bien... Je vous laisse.

Sur ces mots, elle sortit. Rosilda se sentit soudain très mal à l'aise. Entre ses cils baissés, elle examina lord Dexter, qui la dominait de toute sa haute taille.

« Il est très séduisant, pensa-t-elle. Serait-ce l'un des soupirants de Marianne ? »

De sa voix à la fois chaude et rauque, lord Dexter déclara :

— Mlle Landers m'a donné l'autorisation de m'entretenir avec vous.

Par exemple ! Elle allait se faire réprimander par un étranger pour ce qui venait d'arriver à la princesse ?

« C'est vraiment injuste ! » se dit-elle en relevant la tête et en soutenant son regard d'un air plein de défi.

Andrew retint sa respiration. Même avec ses cheveux encore mouillés sévèrement tirés en arrière, Rosilda Harvey était très belle. Mais elle ne devait pas être facile, ainsi que l'attestait son menton volontaire.

— Mlle Landers a décidé que ce petit drame confirmait ce qu'elle pensait déjà, reprit-il. Vous ne pouvez pas devenir l'un des professeurs du pensionnat des Cinq-Chênes.

La jeune fille se détourna. Elle ne voulait pas que cet homme voie ses yeux soudain pleins de larmes. Ses pires craintes se confirmaient. Elle allait se retrouver seule au monde, sans travail, sans toit, sans argent...

— Cela m'arrange, poursuivit lord Dexter. Parce que je souhaite vous offrir un emploi.

Rosilda sursauta.

— Vous, milord ? Je suis désolée, mais à part votre nom, j'ignore tout de vous.

— Exact.

Il marqua une seconde d'hésitation avant d'enchaîner :

— Je suis attaché au ministère des Affaires étrangères, à titre de conseil et de chargé de mission. Celle que le ministre m'a confiée actuellement consiste à conduire la princesse Marianne dans son pays dans les plus brefs délais. Je viendrai la chercher d'ici une heure et demie.

— Aujourd'hui ? s'étonna la jeune fille.

— Aujourd'hui, évidemment.

Rosilda laissa échapper un petit soupir. Marianne avait bien de la chance ! Voyager à travers l'Europe, visiter tant de pays magnifiques, de villes superbes...

— Et vous voulez que je fasse ses bagages ? demanda-t-elle avec amertume. D'habitude, les domestiques s'en chargent. Serait-ce ma punition ? Travailler comme une femme de chambre ?

— Certainement pas. D'autant plus que je tiens à ce que nous puissions voyager vite et sans être encombrés. La princesse ne pourra emporter qu'une seule petite valise. L'emploi que je vous propose n'est pas celui d'une femme de chambre, mademoiselle.

Toujours méfiante, Rosilda attendit la suite.

— Le frère de la princesse - le prince Franz de Karwinie - a des principes très arrêtés. Il ne veut pas que sa sœur traverse l'Europe en compagnie d'un seul homme. Le fait que j'aie toute la confiance de Sa Majesté la reine Victoria et du ministre des Affaires étrangères ne lui suffit pas. Il a décidé que la princesse aurait un chaperon ou une dame de compagnie. À moi de trouver celle-ci...

Il marqua une pause avant de déclarer :

— Rosilda Harvey, il semblerait que vous n'ayez pas d'avenir au pensionnat des Cinq-Chênes. Par conséquent, accepteriez-vous d'accompagner la princesse Marianne et moi-même jusqu'en Karwinie ?

2

Les cris aigus des mouettes qui planaient au-dessus du port de Douvres faisaient écho au tumulte qui régnait dans l'esprit de Rosilda. Elle ne parvenait pas à croire à ce qui lui arrivait – ce brusque et incroyable tournant dans son destin.

Quelques heures auparavant, elle était encore au cours de dessin, essayant de peindre une triste nature morte composée de deux pommes et d'une orange. Puis sa grand-tante Béatrice lui avait annoncé qu'elle allait devoir rester éternellement au pensionnat des Cinq-Chênes... Pour elle qui rêvait de découvrir le monde, une telle sentence représentait presque une condamnation à mort.

Et elle était maintenant sur le point d'embarquer à bord d'un ferry-boat qui allait l'emmener en France !

Si sa tête tournait, quoi d'étonnant ?

Lord Dexter lui avait rapidement décrit leur itinéraire : Douvres, Calais, Paris, puis la Suisse, l'Autriche...

« Paris... Vienne... C'est trop beau ! » se dit Rosilda.

Le reste du voyage se ferait surtout par la route, jusqu'aux montagnes au milieu desquelles se trouvait la petite principauté de Karwinie.

Leur accompagnateur ne leur avait pas laissé plus d'une heure pour remplir une valise et faire leurs adieux à leurs amies.

— Prenez vos vêtements les plus simples. Et, surtout, que la princesse ne porte aucun bijou ! Nous voyagerons incognito, le plus discrètement possible.

Dans la voiture qui les conduisait à Douvres, il n'avait pratiquement pas ouvert la bouche, sinon pour demander à Marianne si elle était bien installée ou si elle n'avait pas froid.

« Jamais il n'a paru s'inquiéter de mon bien-être, se dit la jeune fille en contemplant les hautes falaises blanches. Mais pourquoi s'intéresserait-il à moi ? Je ne compte pas pour lui. »

Il y avait un monde fou sur le quai. Des porteurs, des voyageurs qui embarquaient ou descendaient des grands ferry-boats, sourire aux lèvres ou larme à l'œil, sans compter tous ceux qui étaient venus les accueillir ou leur dire au revoir...

Marianne, qui avait été de très mauvaise humeur jusqu'à présent – elle ne pardonnait pas à lord Dexter de lui avoir interdit d'emporter ses jolies robes –, semblait maintenant s'animer quelque peu.

— Vite, mademoiselle Harvey ! dit lord Dexter. Il faut monter à bord tout de suite.

« Pourquoi êtes-vous si pressé ? Ce bateau ne doit pas appareiller avant quarante-cinq minutes ? » faillit-elle riposter.

Bien entendu, elle se tut. Après tout, elle était l'employée de cet homme... Mais pourquoi n'ouvrait-il la bouche que pour lui donner des ordres ? Cela commençait à l'agacer.

— Allons-y, Marianne ! soupira-t-elle.

Mais la princesse ne paraissait pas disposée à vouloir emprunter la passerelle. Elle scrutait la foule, un peu comme si elle cherchait quelqu'un.

— Allons ! répéta Rosilda en la poussant légèrement.

— Aïe ! Vous allez me faire tomber.

Lord Dexter fronça les sourcils.

— Faites attention, mademoiselle Harvey. Appuyez-vous sur moi, Altesse.

Il offrit son bras à Marianne qui lui sourit en battant des cils, tandis que, chargée non seulement de sa petite valise, mais aussi de celle de la princesse, Rosilda les suivait en se mordant la lèvre inférieure.

Dès le début du voyage, elle avait vu comment Marianne s'y prenait pour séduire lord Dexter.

« Il est aux petits soins pour elle, pensa-t-elle, toujours agacée. Quant à moi, il m'ignore, sinon pour me réprimander. Il faut dire que je ne suis pas une princesse. »

Même l'attitude de Marianne avait changé envers elle depuis qu'elle était devenue sa dame de compagnie.

« Elle me considère parfois comme une domestique. Mais depuis qu'elle est bébé, je suppose que tout le monde a été à ses ordres. Mlle Landers elle-même était à ses pieds. »

Elle haussa les épaules en se disant qu'elle avait tort de se plaindre. Après tout, même si elle n'était pas traitée aussi gentiment qu'elle l'aurait voulu, elle pouvait enfin voyager ! Cela valait cent fois, mille fois mieux que de rester au pensionnat des Cinq-Chênes avec, pour seule perspective d'avenir, celle de s'y trouver encore dans dix ans, vingt ans… cinquante ans !

Un steward la conduisit à la cabine de première classe qu'elle devait partager avec la princesse. Celle-ci avait ouvert le hublot et agitait la main.

— À qui dites-vous au revoir ? s'étonna Rosilda.

Marianne sursauta.

— À… à personne. J'essayais de me recoiffer avec mes doigts. Tiens, puisque vous êtes là, donnez-moi ma brosse à cheveux, s'il vous plaît. Je suis affreuse !

— Mais non…

— Je suis affreuse ! répéta la princesse d'un ton péremptoire. Pourquoi n'avons-nous pas pu porter de jolis vêtements ? Ni de bijoux ? Je déteste ce vieux manteau ! J'ai l'air de quoi ?

Pendant que Rosilda ouvrait sa valise et lui apportait la brosse au manche en argent, elle insista :

— Oui, j'ai l'air de quoi ? D'une pauvresse ! Ou de la cuisinière du pensionnat.

Rosilda ne put s'empêcher de rire. La jolie princesse aux boucles brunes ne ressemblait guère à la grosse Annie aux joues rouges dont la démarche de canard faisait la joie des élèves.

Elle tenta de lui faire entendre raison.

— Vous savez bien que lord Dexter a tenu à ce que nous voyagions incognito.

— Pourquoi ?

— Pour que vous ne soyez pas importunée, et aussi pour que vous n'ayez pas à vous soucier de l'étiquette. Et comment pouvez-vous dire que vous êtes mal habillée ? Cette redingote en velours bleu nuit au capuchon bordé d'hermine est superbe. Si vous pensez que la cuisinière des Cinq-Chênes a jamais porté un vêtement pareil...

— Andrew Dexter doit avoir peur qu'on m'enlève, fit Marianne d'un air important.

« Quelle idée ! » faillit lancer Rosilda, qui jugea plus sage de garder ses réflexions pour elle.

— Il est très séduisant, n'est-ce pas ? murmura la princesse.

Rosilda se sentit rougir.

— Ah, oui ? Je n'ai pas fait attention...

Et elle s'empressa de changer de sujet de conversation.

— Pourquoi risqueriez-vous d'être kidnappée ?

— Parce que je suis la sœur du prince de Karwinie. Nous avons beaucoup d'ennemis. Par exemple, cet homme qui a sauté sur moi, quand j'étais au bord du lac…

Elle adressa à Rosilda un coup d'œil calculateur entre ses boucles brunes avant d'ajouter :

— Je suis sûre qu'il me voulait du mal.

— Pensez-vous ! C'était un gitan, un braconnier qui devait poser des pièges. Nous l'avons dérangé… S'il y avait le moindre risque, lord Dexter nous l'aurait dit.

— Peut-être. Qui sait… Mon frère aurait dû envoyer des gardes pour m'escorter, au lieu d'un seul Anglais qui ne porte même pas d'épée.

Rosilda s'esclaffa.

— Oh, Marianne ! Les messieurs ne se promènent plus avec des épées !

— Vous pourriez dire Altesse.

— Je vous ai toujours appelée par votre prénom. Et lord Dexter a bien insisté sur le fait que vous ne devez pas employer votre titre pendant le voyage.

— Soit ! Mais une fois que nous serons au palais, vous m'appellerez Altesse. Mon frère tient à ce que le protocole soit respecté à la lettre.

Si Rosilda demeura silencieuse, elle n'en pensait pas moins !

« Marianne devient très désagréable, par moments. Heureusement que j'aurai des compensations. Quand je pense que je vais voir Paris, cela me fait oublier tout le reste. »

À voix haute, elle déclara :

— Je vais donc faire la connaissance de votre frère… Quel âge a-t-il ?

— Vingt-sept ans. Il est très beau, toutes les filles tombent amoureuses de lui.

En pouffant, la princesse enchaîna :

— Vous aussi, sûrement ! Mais ne rêvez pas… Le jour où Franz se mariera, ce sera au moins avec une Altesse royale.

Rosilda leva les yeux au ciel.

— Ne vous inquiétez pas, je n'ai pas l'intention de tomber amoureuse de votre frère. Pas plus que d'un autre homme, d'ailleurs !

Elle se dirigea vers la porte de la cabine.

— Vous venez voir le bateau quitter le port ?

— Non, il fait trop froid. Je préfère rester ici et me reposer.

— Comme vous voulez...

Rosilda, qui n'aurait manqué pour rien au monde le départ du ferry, monta sur le pont.

Un coup de sirène résonna. De la vapeur et de la fumée sortaient des hautes cheminées peintes en rouge et noir. Les marins commençaient à larguer les amarres. D'autres s'apprêtaient à remonter la passerelle quand un passager en retard sauta à bord.

« Il a bien failli manquer son bateau », pensa Rosilda en s'accoudant au bastingage.

Le ferry s'écartait lentement du quai, tandis que résonnait un second coup de sirène et que les mouettes continuaient à planer au-dessus du port.

En contrebas, ceux qui étaient restés à terre agitaient leur mouchoir. Puis au fur et à mesure que le bateau s'éloignait, leurs silhouettes devinrent de plus en plus petites. Bientôt, elles eurent l'air de fourmis... avant de disparaître complètement.

Une soudaine exaltation s'empara de Rosilda. Elle vivait enfin ce dont elle avait toujours rêvé : partir pour des contrées lointaines, des pays inconnus...

« Malheureusement, il y a un point noir. Deux, même ! Lord Andrew Dexter et Marianne. »

Ils étaient aussi agaçants l'un que l'autre. Mais Rosilda était bien décidée à ne pas les laisser gâcher son plaisir de voyager.

Andrew s'arrêta à la porte de la cabine de la princesse et de Mlle Harvey. Comme il n'entendit aucun bruit, il en déduisit qu'elles devaient se reposer.

Tant mieux ! Cela lui permettrait de monter sur le pont afin de prendre un bon bol d'air et de réfléchir à la meilleure manière d'organiser la suite de ce qu'il était loin de considérer comme une agréable expédition.

Car la princesse était en danger. Mais où et quand frapperaient les ennemis de son frère ?

« Si seulement je pouvais le deviner... Ce serait trop simple, malheureusement. »

Au moins, il avait réussi à l'emmener hors de son école et de l'Angleterre sans perdre une seconde. Mais il ne se sentait pas rassuré pour autant. Les espions pouvaient être partout.

« Nos mouvements n'ont pas dû leur échapper, nous sommes certainement suivis. »

Fallait-il considérer l'épisode du lac comme un simple incident ? Il se le demandait encore. Quelqu'un avait surgi des bois et effrayé la princesse. Était-ce simplement un mendiant, un gitan... ou l'un des terribles ennemis de l'ombre ?

Les sourcils froncés, Andrew se demanda s'il serait judicieux de mettre la petite Mlle Harvey au courant des problèmes qui les environnaient.

« Nous ne serions pas trop de deux pour veiller au grain. Mais elle est si jeune ! Elle risque de prendre peur en sachant que Marianne de Karwinie est en danger. »

Il s'en voulait d'avoir choisi une jeune fille de l'âge de la princesse pour chaperonner cette dernière. Il aurait dû demander à la directrice de choisir un professeur plus âgé. Une personne ayant de l'autorité et du bon sens.

C'était sur un coup de tête qu'il avait proposé à Mlle Harvey de les accompagner. Il avait été attiré par son attitude un peu bravache, sa manière de lever le menton d'un air plein de défi...

À cette pensée, il ne put s'empêcher de sourire. Il la revoyait dans le parloir du pensionnat des Cinq-Chênes, avec cette grosse natte blonde encore mouillée dont le bout s'égouttait lentement sur son uniforme de pensionnaire...

« Elle est adorable ! »

Aussitôt, il haussa les épaules.

« Comme si j'avais le temps de m'intéresser à Mlle Harvey ! »

Plus par habitude que par méfiance, il jeta un coup d'œil autour de lui. Le pont était presque désert. La plupart des passagers de première classe avaient dû se retirer dans leurs confortables cabines, à l'abri du vent et des embruns.

Saisi, Andrew s'immobilisa brusquement. Une jeune femme se penchait au-dessus du bastingage pour contempler l'écume laissée par le sillage du bateau. Elle n'avait pas de chapeau. Ses cheveux n'étaient plus qu'une nappe d'or pâle qui volait dans le vent. La nuit était maintenant tombée et, au clair de lune, cette magnifique chevelure semblait d'argent.

« Quelle vision de rêve », pensa-t-il.

Se sentant observée, la jeune fille se retourna et, à sa grande stupeur, Andrew reconnut Rosilda Harvey.

Il lui fallut quelques instants pour reprendre ses esprits.

— Je vous croyais dans votre cabine en compagnie de la princesse. Je ne m'attendais pas à vous voir ici. Avec vos cheveux défaits, vous avez l'air...

Il s'interrompit. Il ne pouvait tout de même pas lui dire qu'elle ressemblait à une merveilleuse sirène !

— Oh, je suis désolée, milord ! Je n'aurais pas dû sortir sans chapeau. Je dois être horrible !

— Pas du tout.

Il s'accouda à ses côtés et, à son tour, contempla l'eau sombre qui clapotait le long de la coque.

— Vous faites vos adieux à l'Angleterre... avant de saluer la France. Comment va la princesse ?

Rosilda ne put s'empêcher de sourire.

— Elle est comme d'habitude. Très nerveuse. Et quelque peu fatiguée...

— Je peux compter sur vous pour prendre bien soin d'elle ?

— Mais... naturellement, répondit la jeune fille, tout en se disant qu'il s'agissait d'une question ridicule.

« Marianne pense déjà qu'elle est le centre du monde. J'ai bien l'intention de continuer à la traiter comme ma condisciple, et sûrement pas comme une déesse sur son piédestal. »

En se mordant la lèvre inférieure, elle adressa à son voisin un rapide coup d'œil. Lord Dexter contemplait l'horizon d'un air soucieux, un peu comme s'il cherchait une réponse à une difficile question.

« Il doit être amoureux d'elle, pensa Rosilda. Quoi de surprenant ? Elle est si jolie ! »

Elle s'éclaircit la voix avant de demander :

— Connaissez-vous Marianne depuis longtemps ?

S'efforçant d'oublier ses nombreux soucis, Andrew rejeta ses cheveux sombres en arrière, d'un geste machinal. L'attention de la jeune fille fut attirée par sa main.

« Comme il est hâlé ! » se dit-elle, restant hypnotisée par cette belle main, à la fois solide et élégante.

— J'ai rencontré la princesse et son frère en Karwinie il y a quelques années, au moment de la mort de leur père.

— Oh, vous êtes déjà allé en Karwinie !

— À deux ou trois reprises. Il s'agit d'une minuscule principauté, mais son importance stratégique est énorme, car elle se trouve située entre plusieurs États dont certains dirigeants se haïssent.

— C'est fâcheux.

— Je ne vous le fais pas dire.

— Marianne est très jolie, s'entendit dire la jeune fille.

— Jolie, élégante, têtue et bien jeune.

À quelques mois près, j'ai le même âge qu'elle, faillit déclarer Rosilda, même si elle ne se voyait pas si jeune que cela. Elle s'était toujours sentie plus raisonnable que la plupart des autres pensionnaires. Elle mettait cela sur le compte de la mort tragique de ses parents.

« Cela m'a fait beaucoup mûrir. »

Et en moins d'une journée – celle-là même qui venait de s'écouler –, elle avait eu l'impression de devenir vraiment adulte. Elle avait tout d'abord été rejetée par sa grand-tante Béatrice. Puis elle avait cru devoir passer toute sa vie au pensionnat des Cinq-Chênes. Et enfin, le monde s'était ouvert miraculeusement à elle…

Ainsi, lord Dexter trouvait Marianne bien jeune. Qu'espérait-il ? Qu'elle ait quelques mois ou quelques années de plus pour la demander en mariage ? Mais une princesse karwinienne pouvait-elle devenir la femme d'un aristocrate britannique ?

Rosilda n'en savait rien. Elle était sûre, cependant, que si Marianne tombait amoureuse de lord Andrew Dexter, rien ni personne ne pourrait l'empêcher de l'épouser.

— Elle a presque dix-huit ans, s'entendit-elle dire. Elle a l'âge de se marier.

Andrew soupira. Il savait que Franz, le prince de Karwinie, souhaitait voir sa sœur épouser le souverain d'un petit État voisin. Marianne devait forcément être au courant de ce projet. Qu'en pensait-elle ? L'approuvait-elle ou non ?

— Nous verrons... fit-il d'un ton qu'il s'efforça de rendre léger. Toutes les jeunes filles ne rêvent-elles pas d'un prince charmant ?

— Pas moi.

Cette réponse abrupte parut le surprendre.

— Non ?

— Je souhaite voyager, voir le monde, rencontrer des gens de tous les pays, de toutes les nationalités...

— Vous ne vous marierez jamais ?

— Si, bien sûr. Enfin... tout au moins si je rencontre un homme que je pourrai respecter et admirer. Un homme en qui je pourrai avoir totalement confiance. Un homme que j'aimerai de tout mon cœur et de toute mon âme.

Elle avait prononcé ces dernières phrases avec une telle passion que lord Dexter en resta interdit. Après quelques instants de silence, il déclara :

— Je vous trouve très pâle, mademoiselle. Seriez-vous incommodée par ce léger roulis ? Le mal de mer...

— Pas du tout, coupa-t-elle. Je suis seulement un peu fatiguée. Si vous voulez bien m'excuser, je vais aller me reposer jusqu'à notre arrivée en France.

Sur ces mots, elle lui fit une petite révérence et se dirigea vers les coursives.

Elle s'en voulait d'avoir parlé aussi spontanément. Qu'avait-elle besoin de faire part de ses aspirations profondes à un homme dont, la veille encore, elle ignorait jusqu'à l'existence ?

Un homme qui, de plus, semblait être amoureux de la princesse ?

« De toute façon, en quoi tout cela me regarde-t-il ? se demanda-t-elle, fâchée contre elle-même. Pour moi, que représente lord Dexter ? Il n'est rien d'autre que mon employeur – et un employeur sévère, pas spécialement sympathique... Qu'il aille donc filer le parfait amour avec Marianne et qu'il me laisse en paix. »

Toute à ses réflexions, elle n'avait pas vu arriver un jeune homme qui la bouscula violemment au passage.

— Aïe !

Elle avait reconnu le passager retardataire. Sans même s'excuser, celui-ci poursuivit son chemin. Le temps qu'elle se retourne, il avait disparu.

— Quelle brute, murmura-t-elle.

Tout en se frictionnant l'épaule, elle ouvrit la porte de la cabine, s'attendant à trouver la princesse profondément endormie. Pas du tout ! Debout, enveloppée dans son manteau en velours, les cheveux en désordre, Marianne semblait revenir d'une promenade sur le pont.

— Vous êtes sortie ?

— Mais non, fit la princesse avec agacement.

— Vous avez les joues rouges, les yeux brillants... J'espère que vous n'avez pas de fièvre.

Rosilda lui posa la main sur le front.

— Oh, comme vous avez chaud !

Quand elle voulut lui prendre le pouls, Marianne la repoussa.

— Arrêtez, Rosilda ! Je vais très bien. Ce n'est pas la peine de faire des histoires comme une vieille Nanny. Laissez-moi tranquille. Je suis fatiguée, je vais dormir.

Pendant que la princesse se préparait pour la nuit, Rosilda alla jeter un coup d'œil au hublot et contempla la lune qui se reflétait sur la mer en une coulée d'argent.

Bientôt, le ferry arriverait en France. Bientôt, ils prendraient le train pour Paris. Et elle allait enfin voir la Ville lumière !

Certes, elle aurait préféré que ce soit avec d'autres personnes. Mais, après tout, mieux valait voyager en compagnie d'une enfant gâtée comme Marianne et d'un être autoritaire comme lord Dexter que ne pas voyager du tout.

Feignant de dormir, la princesse tentait de se détendre. Elle avait bien du mal à ne pas sauter de joie.

« Seigneur ! Que penseraient cette stupide Rosilda Harvey et ce séduisant, mais vieux lord Dexter s'ils savaient ce que je suis en train d'organiser, là, juste sous leur nez ? »

Grâce au ciel, ils n'en avaient aucune idée.

Marianne retint un sourire. Elle était convaincue que jamais Rosilda, pas plus que lord Dexter ne sauraient combien il était merveilleux de tomber amoureux.

— Je ne comprends pas pourquoi nous avons dû prendre cet horrible train ! s'exclama la princesse. Et maintenant, voyez où nous sommes !

Elle regarda avec dédain la chambre modeste de l'hôtel bon marché où venait de les conduire lord Dexter.

— Nous aurions dû avoir un compartiment de première classe réservé à notre seul usage à bord du Paris-Express. Et aller dans le meilleur hôtel de Paris. Je ne laisserais pas mes domestiques dormir dans l'endroit où nous sommes en ce moment. Je suis sûre qu'il y a des puces ou des punaises dans mon lit. Et des cafards dans la salle de bains !

Elle secoua la tête avec fureur.

— Lord Dexter aurait-il perdu la tête ? Comment, mais comment a-t-il pu nous emmener dans un endroit pareil ?

À vrai dire, Rosilda ne le comprenait pas davantage.

Tout comme Marianne, elle se sentait épuisée après cet interminable voyage dans un train à vapeur qui s'arrêtait pratiquement à chaque gare. Dès leur arrivée, elle s'était empressée de faire sa toilette afin de se débarrasser de cette poussière noire et collante qui s'était insinuée partout.

— Oui, comment a-t-il osé nous emmener ici ? insista la princesse.

— Il doit avoir ses raisons, avança Rosilda.

— Je pense plutôt qu'il fait des économies sur le dos de mon frère.

— Lord Dexter ne serait pas mesquin à ce point !

— C'est cela, défendez-le ! Qui a choisi cet hôtel ? C'est bien lui, pas mon frère ! Franz est très généreux, il aime vivre largement. Il sera furieux quand je lui raconterai que nous avons pris le plus horrible des trains du monde, et que nous avons passé la nuit dans une chambre pleine de vermine.

— Vous exagérez ! Cet hôtel est peut-être simple, mais il est très bien tenu.

— Peuh !

Marianne jeta son manteau par terre et frappa du pied comme une enfant capricieuse.

— Je ne suis pas contente. Mon frère réprimandera sévèrement lord Dexter lorsqu'il apprendra dans quelles conditions nous avons dû voyager.

Rosilda ne put s'empêcher de rire.

— J'imagine mal qui que ce soit réprimandant lord Dexter !

— Je suis une princesse ! déclara Marianne en se redressant d'un air important. Je suis habituée à ce qu'il y a de mieux, et j'ai l'impression d'être traitée comme... comme un chien !

Elle croisa les bras.

— Croyez-moi, ce vieux lord Dexter ne l'emportera pas au paradis !

— Il n'est pas vieux ! protesta Rosilda.

— Il a au moins trente ans ! Quand je me marierai, je choisirai un garçon de mon âge. Pas un barbon.

Rosilda ne jugea pas utile de dire que lord Dexter n'avait rien d'un barbon.

« À quoi bon ? Marianne n'écoute que ce qu'elle veut bien entendre. »

D'un autre côté, la jeune fille se sentait étrangement soulagée. Car si lord Dexter était amoureux de la princesse, il ne semblait pas que cet amour soit réciproque.

Pendant que Marianne s'allongeait sur son lit, oubliant qu'elle le croyait plein de puces et de punaises, Rosilda ramassa le manteau qu'elle avait jeté par terre et le suspendit à côté du sien.

Elle-même devait admettre que, après cette confortable traversée de la Manche en première classe, la suite du voyage avait été assez bizarre.

L'aube se levait à peine quand le ferry était arrivé dans le port de Calais. Lord Dexter les avait poussées vers la passerelle.

— Vite, vite !

Mais au lieu de se diriger vers le quai où attendait le Paris-Express, il les avait emmenées à l'autre bout de la gare et leur avait fait prendre – en seconde classe ! – un train où s'entassaient ouvriers, fermiers et domestiques.

Rosilda avait regardé avec amusement ce spectacle inattendu. Il y avait à côté d'elle une brave fermière qui gardait précieusement sur ses genoux un plein panier de poussins piailleurs. Une autre avait proposé de lui vendre pour trois fois rien des petits pains bien frais et du fromage de chèvre.

— Ce serait bien volontiers, malheureusement, je n'ai pas d'argent français...

En entendant cela, lord Dexter avait tout de suite sorti quelques pièces de sa poche.

Marianne avait refusé d'un air hautain de partager ce pique-nique improvisé auquel ses compagnons de voyage faisaient honneur.

— Eh bien, en fait de wagon-restaurant !

Folle de rage, elle était restée assise au coin du compartiment aux banquettes mal rembourrées, en faisant mine de contempler le paysage de prés et de champs qui défilait avec une désolante lenteur.

L'arrivée à Paris avait été tout aussi agitée.

Comme s'ils avaient le feu aux trousses, lord Dexter les avait entraînées vers un fiacre. À sa grande déception, Rosilda n'avait même pas pu avoir un aperçu de Paris, car ils avaient fait le trajet jusqu'à l'hôtel dans l'obscurité la plus totale, lord Dexter ayant eu l'étrange idée de tirer les rideaux.

La princesse s'était alors fâchée.

— Mais que signifie tout ceci ?

Rosilda aurait volontiers posé la même question – sur un autre ton, toutefois. Mais bien entendu, elle ne s'y était pas risquée.

Lord Dexter ne s'était même pas donné la peine de répondre à Marianne. Il était également demeuré de glace quand elle avait laissé exploser sa colère en voyant l'endroit dans lequel elle allait devoir passer la nuit.

— Toutes les deux, vous allez monter dans votre chambre et vous reposer jusqu'à l'heure du dîner, avait-il ordonné aux deux jeunes filles.

Puis il s'était tourné vers Rosilda.

— Je suis désolé. Je sais que vous auriez aimé voir Paris, mais j'ai mes raisons.

Il paraissait tellement soucieux que la jeune fille n'avait pas eu le cœur de lui montrer combien elle était désappointée.

— Je suis certaine que vous agissez pour le mieux.

— Vous me faites confiance ?

— Entièrement.

Sans réfléchir, elle lui avait tendu sa main gantée dans une sorte de pacte. Et quand il la lui avait serrée en murmurant un bref remerciement, elle s'était sentie étrangement troublée.

Marianne tourna la tête vers le mur.

— Je ne me sens pas bien du tout. J'ai une affreuse migraine. Je vais rester ici à me reposer. Je ne descendrai pas dîner.

— Je vais demander qu'on vous monte un plateau.

— Non, surtout pas ! Je n'ai pas faim. Et ce que l'on doit servir dans ce « palace » doit être tellement horrible que j'en ai la nausée à l'avance.

— Je suis sûre qu'ils proposent une nourriture simple et savoureuse.

— Peuh !

Marianne semblait toujours de si mauvaise humeur que Rosilda renonça à lui faire entendre raison.

— Je vais dormir, annonça la princesse. J'espère que je me sentirai mieux demain. Pourquoi n'allez-vous pas faire un tour ? Vous qui rêvez de voir Paris, c'est le moment ou jamais.

Rosilda hésita. Il était si rare que Marianne pense aux autres ! Elle n'était donc pas si égoïste que cela ?

Lord Dexter n'avait rien organisé pour la soirée, se contentant de dire aux deux jeunes filles qu'après s'être reposées, elles pourraient descendre dîner dans le restaurant qui se trouvait au rez-de-chaussée de l'hôtel.

— Je vous verrai demain, avait-il ajouté.

Cela signifiait qu'il n'avait pas l'intention de dîner avec elles.

« Et comme Marianne ne veut rien avaler, il ne pourra pas m'en vouloir si je profite de ces quelques heures de liberté pour avoir un petit aperçu de la Ville lumière », se dit Rosilda.

— Allez donc vous promener un peu, insista Marianne. Il paraît que nous sommes près de l'Opéra.

C'est un quartier très animé, et il y a beaucoup à voir sur les Grands Boulevards.

— Cela m'ennuie de vous laisser alors que vous êtes souffrante.

La princesse eut un geste agacé.

— Votre présence n'y changera rien. Comment pourriez-vous guérir une migraine ?

Avec ironie, elle ajouta :

— À moins que vous ne possédiez des dons extraordinaires...

Sur ces mots, elle ferma les yeux.

— Je vais dormir.

Cette fois, Rosilda n'hésita plus.

— Bien. Je vais me promener un peu. Je ferme la porte à clef pour que vous puissiez vous reposer sans être dérangée. Si vous avez envie de faire quelques pas sur le pavé parisien, vous aussi, vous avez votre propre clef.

— Elle ne me servira pas à grand-chose. Je n'ai aucune intention de sortir, fit Marianne d'une voix mourante. Demain, avec un peu de chance, j'irai mieux.

— Dans ce cas... à tout à l'heure, dit Rosilda sans tergiverser davantage.

La princesse ne prit même pas la peine de répondre.

Arrivée en bas, Rosilda constata avec dépit qu'il pleuvotait. Ce fut seulement en se couvrant la tête du capuchon qu'elle s'aperçut qu'elle s'était trompée de manteau. Au lieu de prendre le sien, elle avait emprunté celui de la princesse...

« Tant pis, je ne vais pas remonter pour procéder à l'échange. D'autant plus que Marianne s'est peut-être déjà endormie, ce serait trop bête de la réveiller. »

Elle arpentait une petite rue très animée. Au passage, elle jetait un coup d'œil intéressé aux boutiques, qu'elle trouvait bien différentes de celles que l'on pouvait trouver en Angleterre.

Il s'agissait pour la plupart de commerces d'alimentation. Mais quand elle passa devant la boutique d'une modiste, elle marqua un brusque mouvement d'arrêt.

« Ah, la mode de Paris ! »

Elle fit demi-tour pour mieux admirer la vitrine – et cela, juste au moment où un homme au visage dissimulé par un foulard s'apprêtait à la matraquer. À cause de son mouvement imprévu, le coup l'atteignit à l'épaule et non sur la tête. Mais le choc avait été si violent qu'elle tomba par terre. Tout le monde se mit à crier autour d'elle, tandis que son agresseur s'enfuyait au pas de course.

— Rattrapez-le !

Déjà, l'homme avait disparu. Quelqu'un aida la jeune fille à se relever.

— Princesse Marianne... Il vous a fait mal ?

En dépit de son trouble, elle reconnut la voix de lord Dexter.

— Que faisiez-vous ici ? poursuivit-il. Où est Mlle Harvey ? Pourquoi vous a-t-elle...

Le capuchon de la jeune fille tomba en arrière, et ses cheveux blonds croulèrent littéralement sur ses épaules.

— Oh, c'est vous ?

Lord Dexter parut à la fois soulagé et en colère.

— J'étais persuadé que vous étiez la princesse. C'est à cause du manteau...

Il paraissait terriblement inquiet, ce qui confirma à Rosilda qu'il éprouvait de tendres sentiments pour la jeune Karwinienne.

— J'ai pris le manteau de Marianne par erreur en quittant l'hôtel. Cela explique votre méprise.

— Ce voyou vous a fait mal ?

— Il m'a donné un coup terrible sur l'épaule. Mais...

Comprenant soudain que c'était sa tête qui était visée, elle se mit à frissonner.

— Ce coup a été dévié. Si... si je ne m'étais pas soudain arrêtée, il m'aurait peut-être tuée...

— Probablement, fit lord Dexter d'un air sombre.

— Pourquoi m'a-t-il attaquée ? Que me voulait-il ?

— C'était un voleur... murmura lord Dexter sans conviction.

— Qu'aurait-il pu me prendre ? Je n'ai pas de sac, pas de porte-monnaie, pas de bijoux...

Lord Dexter la regardait en fronçant les sourcils.

— Il faut que je vous dise quelque chose d'important, mademoiselle. Sachez que Marianne est en danger.

— Quoi ?

— Je ne peux pas vous raconter tout cela dans la rue. Il y a un restaurant là-bas... Voulez-vous dîner avec moi ?

Il sourit et parut soudain plus jeune... et terriblement attirant. Si attirant que la jeune fille eut envie de se jeter dans ses bras.

« N'oublie pas que c'est Marianne qu'il aime », se dit-elle sévèrement.

— Alors ? Voulez-vous dîner avec moi ? répéta-t-il.

Elle accepta sans se faire prier.

— Avec plaisir. D'autant plus que je meurs de faim.

— Allons d'abord jusqu'à l'hôtel afin de nous assurer que tout va bien pour la princesse.

— Elle dort. Elle avait mal à la tête et a refusé de descendre.

— Ah ! Eh bien, dans ce cas, allons directement au restaurant.

3

Lord Dexter offrit le bras à Rosilda et tous deux se rendirent Chez Mariette, un petit restaurant typiquement français. Un serveur dont la taille était ceinte d'un long tablier blanc leur indiqua une table au centre de la salle, mais lord Dexter secoua la tête.

— Je préfère que nous nous installions là-bas, dit-il dans un excellent français, tout en indiquant un recoin.

Rosilda se sentit vexée.

« Aurait-il honte d'être vu avec moi ? Évidemment, je ne suis pas habillée pour dîner dans un restaurant parisien... »

Pourtant, celui-ci était d'un genre plutôt rustique avec ses nappes à carreaux et cette collection de cuivres bien astiqués aux murs !

Un autre serveur leur apporta les menus, et ils se plongèrent tous les deux dans la lecture.

Quelques minutes plus tard, Andrew demanda :

— Avez-vous fait votre choix, mademoiselle ?

Soudain, il parut confus.

— Parvenez-vous à déchiffrer ce menu sans peine ?

Il laissa échapper une brève exclamation.

— Suis-je bête ! Comment ai-je pu oublier que, dans le train, vous avez échangé quelques mots avec une brave paysanne qui nous a vendu du pain et du fromage. Où avez-vous appris à si bien parler français ?

— Avant la mort de mes parents, j'avais une gouvernante française, répondit-elle dans la langue de Molière.

— Oh, vous avez perdu vos parents ? Comme c'est triste !

Elle soupira.

— Ma grand-tante, lady Remington, est alors devenue ma tutrice. Comme elle ne souhaitait pas s'occuper de moi, elle m'a mise en pension aux Cinq-Chênes. Nous arrivions en fin de trimestre et, tout comme Marianne, j'avais terminé mes études. J'ai cru que ma grand-tante venait me chercher quand on m'a annoncé sa visite. Au lieu de cela, elle m'a dit qu'elle avait décidé de vivre en Italie, et que, puisque mes parents ne m'avaient pas laissé d'argent, il ne me restait plus qu'à rester aux Cinq-Chênes comme professeur.

— Un destin plutôt morose.

— Auquel j'ai échappé, grâce à vous.

La jeune fille n'ajouta pas qu'elle n'avait aucune idée de ce qu'elle deviendrait, une fois sa mission de chaperon accomplie. Elle n'avait pas envie de gâcher ce voyage inattendu en s'inquiétant de l'avenir.

« J'aurai bien le temps de penser à cela, le moment venu », se dit-elle.

Elle eut un sourire un peu confus.

— Voilà ! Vous savez tout de moi. Je me demande pourquoi je vous ai raconté cela…

— Vous avez bien fait. Je comprends un peu mieux les raisons qui vous ont poussée à accepter aussi rapidement mon offre de vous rendre en Karwinie.

— J'ai toujours rêvé de voyager. J'avoue que la perspective de rester aux Cinq-Chênes me désolait.

Lord Dexter reprit le menu.

— Eh bien, qu'avez-vous choisi ?

— Je prendrai la même chose que vous. Cela simplifiera.

— Dans ce cas, nous allons commencer par un potage d'asperges. Puis nous prendrons des tournedos, et enfin des œufs à la neige. Cela vous convient-il ?

— C'est parfait.

— Le tout sera arrosé de bordeaux.

— De l'eau, s'il vous plaît. Je ne bois pas de vin !

— Je respecte vos principes, mais c'est votre première soirée à Paris. Il faut fêter cela !

— J'aimerais bien, mais...

— Mais ?

La jeune fille regarda autour d'elle et s'aperçut que les autres clientes étaient relativement élégantes.

— Je ne suis pas habillée pour dîner au restaurant.

À ce moment-là, Andrew parut la voir pour la première fois. Elle portait l'une de ses robes bleu marine de pensionnaire. Pas un bijou... Mais comme elle était jolie avec son visage rosi et la cascade de ses cheveux blonds !

— Vous êtes charmante.

Elle rougit à ce compliment inattendu.

— Merci... murmura-t-elle.

Pour la première fois, elle avait l'impression que lord Dexter s'intéressait un peu à elle, alors que d'ordinaire il n'avait d'yeux que pour Marianne.

— Un verre d'un bon cru français vous permettra d'oublier l'agression dont vous venez d'être victime, enchaîna-t-il.

Le visage de la jeune fille se rembrunit à ce souvenir.

— Je ne pensais pas que Paris était une ville aussi dangereuse. J'avais fait à peine cent mètres, et...

— Je sais, coupa-t-il. Je vous avais vue sortir de l'hôtel. De loin, je vous avais prise pour la princesse.

— Cela peut se comprendre : j'avais mis son manteau par erreur.

Andrew passa la commande et on leur apporta tout de suite leur potage. Ils mangèrent en silence pendant quelques instants.

— Excellent, murmura lord Dexter.

Il posa sa cuiller à soupe.

— Bien ! Je vous ai dit que j'allais tout vous expliquer, mademoiselle Harvey.

— Je vous en prie, appelez-moi Rosilda ! fit-elle avec une totale spontanéité. Mlle Harvey... Cela semble si cérémonieux !

— Rosilda ? Quel joli prénom !

La jeune fille rougit de nouveau.

« Il me trouve charmante, il dit que j'ai un joli prénom... Flirterait-il ? »

Elle décida que non : il paraissait tellement soucieux...

— Que savez-vous exactement de la principauté de Karwinie ? demanda-t-il.

— Il s'agit d'un petit pays situé entre l'Autriche, l'Italie, l'Allemagne et peut-être encore un ou deux autres microscopiques États ?

— Grosso modo, oui, c'est cela. Que trouve-t-on là-bas ?

Sans attendre sa réponse, il poursuivit :

— Quelques lacs, des villages, des vignes, des bois, des champs, des routes parfois aussi étroites et caillouteuses que des sentiers de chèvres... Une très jolie capitale, Karwinie, et des montagnes où l'on a fait récemment des sondages. Elles renfermeraient de précieux minerais. Et de l'or !

— De l'or ? Cela doit susciter bien des convoitises.

— Exactement.

— Marianne décrit son pays comme un endroit de rêve. Mais j'ai souvent eu l'impression qu'elle préférerait vivre à Cannes, à Nice... ou encore à Londres ou à Paris.

— Le frère aîné de Marianne, le prince Franz, est le souverain de cette petite principauté qui paraît insignifiante – mais qui va peut-être devenir très riche si les sondages confirment la présence de tous ces précieux minerais. De plus, la Karwinie représente un point stratégique dont dépend la paix en Europe. Ce dont les diplomates sont très conscients.

Marianne parlait souvent de son frère.

— Il est si beau ! disait-elle avec admiration. Un dieu grec !

On leur apporta leur tournedos juste au moment où lord Dexter déclarait :

— Les princes de Karwinie ont toujours entretenu d'excellentes relations avec la famille royale d'Angleterre.

Il s'interrompit et attendit que le serveur se soit éloigné pour reprendre la parole.

— Traditionnellement, les enfants princiers sont éduqués dans les meilleures pensions britanniques. Quant aux garçons, ils suivent un entraînement dans nos écoles militaires. Mais tout cela pourra changer un jour...

— Pourquoi ?

— Franz est avec Marianne le seul descendant des princes de Karwinie. Malheureusement, il n'est pas encore marié et n'a pas d'héritier. S'il lui arrivait quoi que ce soit, et comme il n'est pas question que sa sœur monte sur le trône, le pays connaîtrait de graves troubles, que les membres de l'opposition s'empresseraient d'attiser. Et les conséquences seraient dramatiques pour toute l'Europe !

Rosilda se sentit pâlir.

— Ce serait... la révolution ?

— À moins que les ennemis du prince ne s'emparent des rênes du pouvoir. Les services secrets britanniques, sans toutefois en avoir la preuve, pensent qu'un certain Ernst de Grywde, l'un des conseillers du prince et son meilleur ami, est en réalité l'un de ses plus terribles adversaires.

— Et il a réussi à s'introduire auprès du prince ! Celui-ci ne se méfie donc pas ?

— Comment pourrait-il imaginer que l'un de ses proches est son ennemi ?

Rosilda réfléchissait, les sourcils froncés.

— Je comprends que le prince soit en danger, déclara-t-elle enfin. Mais vous m'avez dit que Marianne l'était aussi. Que risque-t-elle, puisque jamais une femme ne deviendra princesse régnante de Karwinie ?

— Marianne est fiancée, pratiquement depuis sa naissance, au duc de Szentheliev. Celui-ci possède, outre d'immenses propriétés dans la région, le duché de Szentheliev, l'un des États entourant la Karwinie. Son appui est crucial pour les Karwiniens.

Rosilda en oublia son tournedos – pourtant excellent.

— Pauvre Marianne ! s'écria-t-elle avec indignation. Fiancée dès son plus jeune âge sans que l'on se soit soucié de lui demander son avis !

— Dans ces familles...

— Et tout cela, pour des raisons politiques ! poursuivit la jeune fille avec emportement. C'est honteux ! Marianne connaît-elle seulement ce... ce duc de Je-ne-sais-quoi ?

— Naturellement. Elle sait que tel est son destin. Bien évidemment, si elle avait de bonnes raisons pour refuser ce mariage, son frère ne l'obligerait pas à...

— À se sacrifier ? termina Rosilda à sa place.

Il sourit.

— Comme vous êtes passionnée !

— Certaines choses me choquent profondément. Vous êtes un gentleman anglais et je suis sûre que jamais vous ne forceriez une femme à épouser un homme qui ne lui plaît pas. Mais qui vous dit que le frère de Marianne a les mêmes scrupules ? Il est possible que la stabilité de son pays compte pour lui avant tout le reste.

La jeune fille secoua la tête.

— Oui, pauvre Marianne !

Lord Dexter reprit son récit.

— J'ai donc été prié par le Premier ministre et le ministre des Affaires étrangères de ramener la princesse en Karwinie avec la plus grande célérité. Et aussi dans la plus grande discrétion, car ses ennemis seraient déjà à pied d'œuvre pour l'empêcher d'atteindre son pays. Les révolutionnaires ont décidé d'empêcher ce mariage à tout prix.

Lord Dexter marqua une pause avant de conclure avec gravité :

— Je crains que la vie de la princesse ne soit menacée.

Les grands yeux bleus de Rosilda étaient soudain pleins d'appréhension.

— Je comprends ! C'est pour brouiller les pistes que nous avons pris cet omnibus pour Paris, au lieu d'un train plus rapide et plus confortable ?

— Exactement.

La jeune fille pâlit.

— Et ce... cet homme qui vient de m'attaquer, vous... vous croyez qu'il m'a prise pour la princesse ?

— Exactement, répéta lord Dexter. J'espérais avoir pu quitter l'Angleterre sans que nos ennemis s'en aperçoivent. Apparemment, cela n'a pas été le cas. Je crois pouvoir dire que le soi-disant voleur qui vous a frappée n'est autre que l'un des hommes d'Ernst de Grywde.

— Comme je vous l'ai dit tout à l'heure, si je ne m'étais pas arrêtée aussi brusquement, ce qui a dévié le coup, il m'aurait frappée à la tête et peut-être tuée...

D'une voix blanche, elle ajouta :

— Il m'a prise pour Marianne parce que j'avais mis son manteau par erreur.

— Oui.

— Marianne sait-elle que sa vie est menacée ?

— Non. Je ne veux pas lui faire peur. Elle est tellement jeune, tellement fragile...

Fragile, Marianne ? Jamais Rosilda n'aurait employé un pareil terme pour la décrire.

« Mais puisque lord Dexter la voit comme une petite fleur délicate, ce n'est pas à moi de le détromper. »

Ils se turent car un serveur leur apportait le dessert : des coupelles d'œufs à la neige décorés d'un lacis de caramel.

— Maintenant que vous comprenez la situation, Rosilda, reprit Andrew, je compte sur vous pour vous tenir sur vos gardes. Ainsi, nous serons deux à veiller sur la princesse.

— Je ne demande qu'à vous aider. Mais n'aurait-il pas été plus simple de demander que quelques gardes protègent Marianne pendant toute la durée du voyage ?

— Avec une escorte, nous ne serions pas passés inaperçus. Nos ennemis n'auraient pas eu de mal à nous suivre... et à frapper dès qu'une inattention des gardes l'aurait permis. À trois, nous sommes beaucoup moins visibles. De plus, cela nous permet d'aller plus vite et d'emprunter des voies détournées, des chemins de traverse...

Posant sa cuiller, il prit la main de la jeune fille.

— Je suis navré d'avoir dû vous mettre au courant de tout cela. Mais j'ai pensé qu'il valait mieux que vous sachiez à quoi vous en tenir. Il faut que vous restiez très méfiante.

Sur ces mots, il lui pressa les doigts. Leurs yeux se rencontrèrent et elle se sentit envahie d'un trouble infini, tout en ressentant une pointe d'envie à l'égard de Marianne. Cela devait être merveilleux d'éveiller de tels sentiments protecteurs chez un homme comme lord Dexter !

— Je peux compter sur vous ? demanda-t-il avant de lui lâcher la main.

— Bien sûr, murmura-t-elle d'une voix rauque qu'elle ne se connaissait pas.

En même temps, elle essayait de se raisonner. Elle ne devait pas oublier qu'elle ne représentait pas autre chose pour lui qu'une sorte d'employée.

— Je ferai de mon mieux, promit-elle. Et maintenant, je vais rentrer à l'hôtel. Je sais que la princesse dort paisiblement, mais je serais plus tranquille si j'étais à ses côtés.

— Moi aussi.

Une seconde auparavant, Andrew avait pourtant été sur le point de lui proposer de faire une promenade dans Paris. Ils auraient pris un fiacre pour suivre les berges de la Seine et admirer Notre-Dame, les vieux hôtels de l'île Saint-Louis, la Conciergerie... Peut-être auraient-ils fait quelques pas sur le Pont-Neuf – en réalité le plus vieux pont de Paris, à la pointe de l'île de la Cité ?

Comme il aurait aimé voir le ravissant visage de la jeune fille s'illuminer en contemplant tout cela ! Mais elle avait raison de vouloir retourner à l'hôtel – même s'il était persuadé que la princesse ne craignait rien dans sa chambre fermée à clef.

Il aurait changé d'avis s'il avait pu deviner ce qui s'était produit un peu plus tôt dans la soirée...

Quelques minutes après le départ de Rosilda, Marianne avait sauté hors de son lit.

« Tiens ! Rosilda s'est trompée, elle a pris mon manteau, s'était-elle dit en enfilant celui qui était resté dans le placard. À moins qu'elle n'ait voulu paraître élégante... pour une fois ! Bah, c'est sans importance. La nuit, tous les chats sont gris. »

Après s'être couvert la tête du capuchon, elle s'empressa de quitter l'hôtel. Une fois dans la rue, elle courut vers le jeune homme aux cheveux bruns et aux yeux sombres qui se tenait sur l'autre trottoir.

Il la prit par la taille et, après l'avoir entraînée sous une porte cochère, l'embrassa passionnément.

— Mon amour !

— Mon amour... fit-elle en écho.

En lui caressant le visage, elle poursuivit :

— Je savais que tu serais là, Johann.

— Cela n'a pas été facile de vous suivre. On dirait que vous prenez un malin plaisir à choisir les moyens de transport les plus inattendus. Et j'étais bien loin de penser que vous descendriez dans un hôtel aussi simple que celui-ci.

— Je ne comprends pas pourquoi ce lord Dexter nous emmène dans les endroits les plus improbables... Je craignais un peu que tu ne perdes notre trace. Mais tu as pu me retrouver.

— À Calais, j'ai réussi à sauter à bord de votre train juste avant qu'il ne parte. Puis j'ai pris un fiacre pour suivre celui qui vous conduisait à cet hôtel.

Ils s'étreignirent de nouveau.

— Qu'allons-nous devenir, Marianne ? Comment pourrais-je supporter de te voir épouser Wilhelm ?

— Ce mariage n'aura jamais lieu, Johann. C'est toi que j'aime. Personne ne pourra m'obliger à devenir la femme du duc de Szentheliev. Je te le jure ! Si je me marie un jour, ce sera avec toi.

Le jeune homme resserra son étreinte.

— Chut ! On pourrait t'entendre...

— Qui ?

— Ton chaperon, lord Dexter... Que sais-je ?

— Lord Dexter est un véritable tyran ! s'écria Marianne avec impatience. Il a décidé que je voyagerais incognito avec juste une dame de compagnie. Je n'ai même pas de femme de chambre ! Mon frère sera furieux quand il apprendra dans quelles conditions je suis rentrée en Karwinie.

Le jeune homme lui prit la main et déposa un baiser au creux de sa paume.

— Ton frère veut que tu épouses le duc de Szentheliev.

— Mais moi, je ne veux pas !

— Ton frère respecte en cela les vœux de tes parents qui, pratiquement à ta naissance, ont décidé que tu deviendrais duchesse de Szentheliev quand tu serais en âge de te marier.

— Et moi ? Je n'ai pas mon mot à dire ?

— D'après mon père, il est de la plus haute importance, pour assurer la paix dans la région, d'unir la Karwinie et le duché de Szentheliev. J'ai très peur que ton prochain mariage ne soit annoncé officiellement dès ton retour en Karwinie.

— Ne parle pas de malheur, je t'en supplie !

Les deux jeunes gens se connaissaient pratiquement depuis toujours. Enfants, ils jouaient ensemble et s'entendaient à merveille. Puis à l'adolescence, leur amour était né... avec l'angoisse concernant leur avenir.

Après un silence, Marianne demanda :

— Que dirait ton père s'il savait que nous nous aimons ?

Johann Brantislav lui caressa tendrement les cheveux. Son père, le général en chef de l'armée karwinienne, était un homme important dans les hautes sphères de la petite principauté. Et même si son fils unique représentait tout pour lui, jamais il ne se permettrait d'aller à l'encontre des décisions du prince régnant.

Johann ne se faisait pas d'illusions. S'il annonçait qu'il était amoureux de la princesse et qu'elle répondait à ses sentiments, il savait à l'avance que le général, un homme de devoir, se fâcherait et lui interdirait de la revoir.

— S'il apprenait cela, mon père m'enverrait loin, très loin de la Karwinie. Je serais probablement exilé en Amérique ou en Australie.

— J'irais avec toi.

Leurs lèvres se rencontrèrent de nouveau dans un baiser sans fin. Puis, à regret, la princesse se dégagea.

— Il faut que je rentre. J'ai dit à Rosilda d'aller se promener, mais je doute que cette poule mouillée aille bien loin. Si elle rentre et découvre que je ne suis pas là… elle fera toute une histoire. Je la crois même capable d'aller se plaindre auprès de lord Dexter.

Rosilda pénétra sur la pointe des pieds dans la chambre où Marianne dormait profondément.

La jeune fille laissa échapper un soupir de soulagement. Rien de terrible n'était arrivé pendant son absence…

Silencieusement, elle se déshabilla et se mit en chemise de nuit. Puis elle défit sa grosse natte, se brossa les cheveux et les tressa de nouveau.

« S'il faut se lever de bonne heure, j'aurai cela de moins à faire », se dit-elle.

Elle ne cessait de penser à la soirée qu'elle venait de passer en compagnie de lord Dexter.

« C'est un homme fascinant ! Et il est si beau… J'espère qu'il a compris que je suis prête à tout faire pour assurer la sécurité de Marianne. »

Lord Dexter était-il allé dormir de son côté ? Ou bien veillait-il dans l'ombre ? Elle s'était déjà mise au lit quand, soudain inquiète, elle se leva et alla jeter un coup d'œil à la fenêtre.

Elle aperçut une silhouette au coin de la rue. Dans la lueur d'un réverbère, elle put distinguer le visage de cet homme qui semblait surveiller l'hôtel.

Elle se rejeta hâtivement en arrière et, pensive, se remit au lit.

« Ce n'était pas lord Dexter, se dit-elle en tirant les draps jusqu'à son menton. Mais alors... qui ? »

Elle était persuadée d'avoir déjà vu cet homme. Quand ? Où ? Au moment où elle sombrait dans le sommeil, elle se souvint que c'était le passager retardataire qui, à Douvres, avait sauté à la dernière minute à bord du ferry.

Johann se tourna une dernière fois vers la chambre où sa Marianne adorée dormait. Il savait qu'il devait tenter de dormir un peu avant de se lever aux aurores afin d'être sûr de se trouver à bord du même train qu'elle. Ce train qui allait les emmener vers l'Europe centrale.

Lord Dexter, dont la chambre se trouvait juste au-dessus de celle des jeunes filles, était lui aussi à sa fenêtre. Les sourcils froncés, il suivit des yeux le jeune homme qui s'éloignait d'un pas vif.

Apparemment, ce voyage qui n'aurait dû présenter aucun problème s'avérait plus compliqué qu'il ne l'avait prévu.

L'image de Rosilda s'imposa à lui. Elle était absolument ravissante avec ses grands yeux bleus, ses cheveux d'or pâle... Et elle avait un tel désir de bien faire !

De nouveau, il fronça les sourcils.

« Que m'arrive-t-il ? se demanda-t-il, fâché contre lui-même. Comme si j'avais le temps de rêver à une jeune fille ! »

Deux jours plus tard, lord Dexter, Marianne et Rosilda descendirent du petit train qui les avait amenés en haletant jusqu'au terminus – une gare perdue au pied de montagnes aux sommets couverts de neiges éternelles.

Rosilda étira ses membres endoloris. Jamais elle ne s'était sentie aussi lasse de sa vie.

« Quel voyage interminable ! C'est épuisant », se dit-elle.

Elle s'efforça de sourire.

« Je voulais voir du pays ? Eh bien, je ne peux pas me plaindre ! »

Ils avaient changé de train de nombreuses fois. Lord Dexter choisissait invariablement les plus vieux omnibus au lieu de favoriser les grands express internationaux.

Au début, Marianne avait protesté avec force. Puis la fatigue avait eu raison d'elle et elle avait suivi en se contentant de grommeler.

Lord Dexter était le seul à demeurer frais et dispos. Pourtant, il ne fermait jamais l'œil. Rosilda avait remarqué qu'il restait tout le temps sur ses gardes.

Mais rien d'anormal ne s'était passé. La jeune fille commençait à se demander si l'attaque dont elle avait été victime à Paris avait quoi que ce soit à voir avec les menaces qui planaient sur la princesse. Les voyous étaient légion dans les grandes villes... Peut-être avait-elle été tout simplement victime d'un voleur.

La dernière partie du voyage, dans ce petit train cahotant, avait été un véritable cauchemar. Ils étaient ballottés sur une inconfortable banquette en bois, tandis que Marianne ne cessait de répéter d'un ton menaçant :

— Quand je raconterai tout cela à mon frère...

Le voyage touchait à sa fin. Rosilda respira à pleins poumons cet air frais, si pur... Le soleil se levait à peine et, au-dessus des sommets, le ciel se teintait de mauve et de rose.

En fait de gare... Ils se trouvaient devant une sorte de baraque flanquée d'un guichet où l'on vendait les billets. Un peu plus loin, de l'autre côté des voies, la jeune fille aperçut quelques masures coiffées de chaume.

Mais quand elle vit une immense prairie piquetée de fleurs des champs s'étendre jusqu'aux premiers contreforts des montagnes, elle tomba en extase.

— Oh, comme c'est beau !

Lord Dexter brossa la poussière de sa veste, tandis qu'un sourire lui venait aux lèvres.

— C'est beau, oui.

— Ces montagnes...

— Elles sont magnifiques, je vous l'accorde. Mais elles peuvent en même temps se révéler très dangereuses.

La princesse haussa les épaules.

— Peuh !

— Les éboulis de rochers sont fréquents.

— Il faut éviter certains endroits, tout simplement, fit-elle avec hauteur. Moi, je les connais, ces montagnes. Je les ai parcourues à cheval ou à pied depuis ma plus tendre enfance.

— Vous avez eu de la chance de grandir dans cette superbe contrée, Marianne, dit Rosilda.

Intérieurement, elle ajouta :

« Et moi, j'ai bien de la chance aussi de me trouver là. Quand je pense que je pourrais être enfermée dans une salle de classe du pensionnat des Cinq-Chênes, en train d'apprendre à lire et à écrire à des petites filles aux doigts tachés d'encre !

Chargés de pauvres ballots, les autres passagers se dirigeaient vers une route – en fait de route, il s'agissait plutôt d'un chemin caillouteux – qui menait à la grosse bourgade que l'on apercevait à environ deux kilomètres de là, nichée au pied des montagnes.

Marianne les suivit des yeux.

— Je suis très étonnée que personne ne m'ait reconnue, déclara-t-elle.

Avec une moue dédaigneuse, elle poursuivit :

— Évidemment, ce ne sont que de misérables paysans. Ils ne s'attendent guère à voir une princesse voyager parmi eux.

— Le soleil se lève, dit lord Dexter. Nous n'avons pas de temps à perdre si nous voulons arriver au palais avant la nuit.

Marianne regarda autour d'elle.

— Et comment, s'il vous plaît ? interrogea-t-elle d'un ton impérieux. Où est la voiture ?

En voyant lord Dexter serrer la main du solide gaillard moustachu assis au bout de la barrière où étaient attachées une demi-douzaine de mules, Rosilda comprit comment allait se poursuivre le voyage…

« Marianne va encore protester ! » devina-t-elle.

L'homme s'avança vers la princesse et la salua en s'inclinant bien bas, après avoir ôté sa casquette crasseuse. Puis il lui dit quelques mots de bienvenue dans une langue étrangère aux intonations gutturales.

« Du karwinien, forcément », se dit Rosilda.

Lord Dexter se tourna vers Rosilda.

— Ces mules vont nous conduire au palais.

— Quoi ? s'écria Marianne d'une voix suraiguë.

— Oui, des mules, fit lord Dexter. C'est ainsi que j'avais organisé la fin du voyage.

Les yeux sombres de la princesse étincelèrent.

— Pourquoi pas une voiture ? Tout cela devient du plus haut ridicule !

— Altesse...

— Vous m'avez obligée à emprunter des trains de dernière catégorie où je ne voudrais pas voir mes domestiques. Nous sommes descendus dans des hôtels pleins de puces, et maintenant, il va falloir passer les cols sur des bourriques, comme des paysans ! Jamais je n'ai été traitée de cette façon. Jamais !

Elle tapa du pied.

— Je suis fatiguée ! Je n'ai pas envie de passer la journée brimbalée sur une mule rétive ! Et pour tout arranger, elles n'ont même pas de selles d'amazone ! Il va falloir monter à califourchon !

Croisant les bras, elle se tourna vers lord Dexter.

— Honnêtement, pour qui me prenez-vous ?

Il eut un sourire narquois.

— Si vous voulez arriver au palais ce soir, ce sera à dos de mule. Sinon, vous pouvez rester dans cette gare et attendre une voiture confortable... Mais je doute qu'il en passe beaucoup par ici.

— Vous n'auriez pas pu vous organiser d'une manière un peu plus intelligente, un peu plus responsable ?

— Croyez-moi, Altesse, j'ai fait pour le mieux – étant donné les circonstances, répondit patiemment lord Dexter.

— Les circonstances ! Quelles circonstances ?

Il ne répondit pas. En pestant, Marianne se dirigea vers la première mule.

— Oh, mon sac ! s'exclama-t-elle en faisant demi-tour. J'ai dû le laisser dans le train.

— Je vais le chercher, proposa Rosilda.

— Non, j'y vais. Je sais exactement où je l'ai posé.

En la voyant partir en courant vers le convoi qui restait à quai, Andrew jura entre ses dents.

— Je n'aime pas cela.

Il s'apprêtait à la suivre, mais quelques minutes plus tard, elle réapparaissait sur le marchepied, le visage radieux, en agitant son petit réticule en velours.

Lord Dexter haussa les sourcils.

— Il lui arrive donc de faire quelque chose sans attendre que les autres s'en chargent à sa place ? Quel progrès ! Vous lui montrez le bon exemple, Rosilda.

La jeune fille se sentit rougir à ce petit compliment.

— Cela ne vous ennuie pas trop de monter à califourchon ? lui demanda-t-il ensuite avec sollicitude.

— Bah ! À la guerre comme à la guerre, rétorqua-t-elle d'un ton léger. Je crois qu'il faut savoir s'adapter. Et cela me rappellera mes jeunes années, quand j'avais un poney adorable.

Avec émotion, elle murmura :

— Il s'appelait Foufou.

Lord Dexter sourit.

— L'était-il ?

— Non. C'était un... Foufou bien tranquille. Nous nous entendions à merveille, tous les deux. Quand il est mort, j'ai eu tant de chagrin !

Lord Dexter lui pressa la main, exactement comme il l'avait fait la veille, au restaurant. Et, de nouveau, un trouble infini l'envahit.

« Je ne vais tout de même pas tomber amoureuse de lui alors qu'il ne pense qu'à Marianne ! » se dit-elle, furieuse contre elle-même.

La princesse, avec l'expertise d'une cavalière confirmée, s'était déjà mise en selle – tout en continuant à pester. Comprenant que la pudeur n'était pas de mise, Rosilda releva légèrement ses jupons pour l'imiter.

Leur accompagnateur chargea leurs bagages sur deux des bêtes de somme, puis lui-même et lord Dexter montèrent les deux dernières mules.

— En route, traduisit Marianne quand il lança quelques cris gutturaux.

La petite cohorte se dirigea vers un étroit sentier qui serpentait entre les prés fleuris.

— Quelle jolie promenade, fit Rosilda.

La princesse haussa les épaules.

— Pour le moment, tout cela semble bien romantique. Attendez que nous arrivions dans les montagnes. Je vous assure que ce sera moins drôle.

Elle laissa échapper une exclamation furieuse.

— Ah, si jamais j'avais pu deviner que mon retour en Karwinie se passerait de la sorte !

Rosilda eut un peu de mal à s'habituer au trot haché de sa mule. Un trot dont la cadence n'avait rien à voir avec celle d'un cheval. Puis, peu à peu, elle s'y accoutuma et commença à se détendre.

Lord Dexter accéléra l'allure de sa monture pour venir se placer à côté d'elle.

— Je ne m'attendais guère à une telle aventure, lui dit-elle avec un sourire amusé.

— Ce n'est pas la voie habituelle pour arriver en Karwinie. La princesse s'attendait certainement à ce qu'une confortable voiture – ou même un carrosse ! – la conduise jusqu'à la capitale par la route principale. J'ai préféré éviter cela. C'est pourquoi nous avons contourné la principauté et sommes arrivés de l'autre côté. Nos ennemis ne manquent pas d'imagination, mais je ne pense pas qu'ils aient envisagé un seul instant que nous allions passer par le sud au lieu d'arriver par le nord.

— Depuis que j'ai été attaquée à Paris, nous n'avons pas eu d'autres ennuis. Estimez-vous que nous sommes maintenant hors de danger ?

Lord Dexter regarda autour de lui, puis il se retourna comme s'il s'attendait à ce qu'ils soient suivis.

— Nous devrions être en sécurité, admit-il enfin. C'est du moins ce que j'espère. Ce sentier est peu connu. Si les hommes de main d'Ernst de Grywde attendent notre arrivée, ce sera sur la route principale d'accès à la principauté.

— Vous semblez connaître notre accompagnateur.

— Pietr ? Un peu...

Il sourit.

— C'est un contrebandier, mais je dois dire qu'il m'a été plusieurs fois utile en ces temps troublés. Je sais pouvoir compter totalement sur lui. C'est pourquoi je lui ai demandé de venir nous attendre à cette gare. Étant donné les circonstances, le chemin des contrebandiers m'a paru être le plus sûr.

La petite colonne poursuivait son chemin, la plupart du temps au pas car les sentiers caillouteux étaient très glissants. Les prairies avaient disparu depuis longtemps pour faire place à des rocs ou à des étendues pelées.

Ils étaient en route depuis près de deux heures quand, d'un ton impérieux, Marianne appela :

— Lord Dexter !

— Oui, Altesse ?

Il se rapprocha d'elle.

— Que se passe-t-il ?

— Je suis fatiguée. Nous ne pouvons pas nous arrêter pendant cinq minutes ?

Elle se tourna vers Pietr, qui s'était arrêté et lui lança quelques mots dans son langage guttural. Rosilda devina qu'elle avait dû répéter la même phrase.

Pietr lui répondit, et lord Dexter traduisit à l'intention de Rosilda.

— Il y a une cascade non loin d'ici. Nous allons y faire halte. Les mules pourront boire et nous en profiterons pour nous reposer. Mais pas plus d'un quart d'heure ! Je tiens à arriver au palais avant la nuit.

— Si nous avions eu une bonne voiture et pris la route principale, nous y serions déjà, marmonna Marianne.

Lord Dexter fit mine de ne pas l'avoir entendue. Il se rendait compte qu'elle était épuisée. Pas autant, cependant, que Rosilda, qui était moins entraînée physiquement.

« La princesse a eu une éducation de garçon manqué. Et elle se sent chez elle ici. Quoi de plus naturel ? »

Il savait que, dès son plus jeune âge, Marianne avait parcouru ces montagnes à pied ou à cheval, en compagnie des enfants des dignitaires et des officiers.

Mais il avait pu se rendre compte que Rosilda était une cavalière accomplie – même si elle avait eu quelques difficultés, au début, à s'accoutumer au trot de sa mule. La jeune Anglaise était très pâle et avait les traits tirés, mais pas une seule fois elle n'avait laissé échapper une plainte.

« Elle est infiniment plus féminine que la princesse, pensa-t-il. Celle-ci est très dure, au fond, derrière son masque de précieuse pimbêche. »

Derrière Pietr, la petite colonne emprunta un autre sentier et, quelques minutes plus tard, s'arrêta devant une chute d'eau qui cascadait dans une sorte de lac creusé dans le rocher.

En voyant l'eau, la mule de Rosilda hâta le pas. Trop lasse, la jeune fille ne chercha pas à la retenir.

Marianne avait déjà mis pied à terre. Debout au bord d'une sorte d'à-pic, elle admirait le splendide paysage.

Comprenant que sa mule ne chercherait pas à s'enfuir, Rosilda noua les rênes et s'apprêta à se laisser glisser en bas de la selle. À ce moment-là, deux mains solides la saisirent par la taille et, une seconde plus tard, elle se retrouva sur le sol caillouteux.

— Merci... murmura-t-elle, sans oser lever les yeux.

— Bravo, Rosilda ! dit lord Dexter. Vous devez être épuisée. La plupart des jeunes filles de votre âge n'auraient pas arrêté de se lamenter. Au lieu de cela, vous avez serré les dents...

— À quoi bon se plaindre ? Cela n'aurait rien changé.

Elle s'efforça de rire.

— Mais vous avez raison : je suis... un peu fatiguée.

Elle s'agenouilla près du lac, trempa ses mains dans l'eau fraîche et les passa sur son visage. Pietr lui tendit un gobelet en étain en lui tenant un petit discours auquel, bien entendu, elle ne comprit pas un mot.

— Il dit que cette cascade, qui vient des sommets, est très pure, traduisit lord Dexter.

Elle adressa un coup d'œil reconnaissant à Pietr avant de boire à longs traits.

La princesse était toujours perdue dans la contemplation des montagnes.

« C'est curieux, on dirait qu'elle cherche quelqu'un », pensa Rosilda.

Jugeant cela bien improbable, elle remplit le gobelet et alla le tendre à Marianne.

— Vous devez mourir de soif. Il paraît que cette eau est excellente.

— Vous ne m'apprenez rien, rétorqua la princesse d'un ton cassant. Les torrents de Karwinie sont réputés pour la qualité de leurs eaux.

Elle secoua la tête avec agacement, et ses boucles sombres volèrent dans le vent.

— Oh ! Votre jolie écharpe ! s'exclama Rosilda. Qu'est-elle devenue ? Vous l'aviez quand vous êtes retournée dans le train... Elle a dû tomber à ce moment-là.

La princesse haussa les épaules.

— Peuh, ce n'est rien ! Ne faites pas toute une histoire pour une vieille écharpe, Rosilda, c'est ridicule. J'en ai des centaines au palais, bien plus jolies que celle que j'ai perdue.

Là-dessus, elle tourna le dos à la jeune fille. Rosilda reprit le gobelet vide et alla le rendre à Pietr en le remerciant. En guise de réponse, il lui adressa un sourire qui fit briller ses dents très blanches dans son visage hâlé.

Rosilda s'assit sur un rocher plat, à distance de la princesse, et contempla à son tour le paysage ensoleillé.

« Je sais bien que Marianne est fatiguée. Mais ne le sommes-nous pas tous ? Et est-ce une raison pour se montrer aussi désagréable ? »

Elle tenta de penser à autre chose, estimant que cela ne servait à rien de s'appesantir sur le mauvais caractère de la princesse.

« Il est bien dommage que je n'aie pas un carnet de croquis avec moi pour dessiner les fiers pics qui se dressent dans ce ciel d'un bleu intense. »

Lord Dexter la rejoignit sur ces entrefaites.

— Vous semblez apprécier ce voyage, dit-il.

Elle hocha la tête.

— Oui. Tout est tellement étrange, tellement inattendu que je me demande parfois si je ne rêve pas.

— Vous aimez donc l'imprévu ?

— Oh, oui ! Mon existence a toujours été si tranquille ! Alors que j'aurais tant voulu parcourir le monde...

— C'était votre souhait ? Sérieusement ?

— Mais oui, répondit-elle, étonnée par son incrédulité.

— D'ordinaire, les jeunes filles ont d'autres ambitions. Elles veulent trouver un mari très riche, une superbe demeure, de beaux enfants...

— J'espère avoir un jour un mari et des enfants, naturellement.

Elle lui adressa un coup d'œil de reproche avant de poursuivre :

— Mais je ne rêve pas d'un mari très riche ni d'une superbe demeure ! Je souhaite seulement aimer celui qui partagera ma vie. Et tout ce que j'espère, c'est qu'il m'aimera autant que je l'aimerai. En attendant de le rencontrer, je suis très heureuse, comme je viens de vous le dire, de découvrir l'Europe de l'Est.

Il y eut un silence.

— J'ai l'impression que vous voyagez beaucoup, milord, reprit Rosilda. Aimez-vous cela ? Ou bien préféreriez-vous rester tranquillement chez vous ?

Il prit un caillou et le lança en l'air avant de le rattraper avec adresse.

— Je possède un domaine en Cornouailles, non loin d'un village de pêcheurs. Dès que je peux me libérer de mes obligations, je retourne là-bas...

— Je ne connais pas du tout les Cornouailles. Il paraît que c'est une région magnifique.

— Magnifique, oui...

Andrew lança un autre caillou en l'air.

— Mais on n'y trouve pas de montagnes, enchaîna-t-il en souriant. Seulement la mer. Je possède un yacht et un jour...

Il s'interrompit brusquement. Il avait été sur le point de confier à cette jeune fille qu'il connaissait à peine son rêve le plus secret. Larguer les amarres, partir à bord de son yacht vers des horizons inconnus... et oublier tous les conflits, les guerres ou les problèmes diplomatiques qui constituaient son quotidien.

Il se leva.

— Nous nous attardons. Si nous voulons arriver au palais avant la nuit, il faut reprendre la route.

Mettant ses mains en porte-voix, il cria :

— Pietr !

Leur accompagnateur, qui vérifiait les harnachements des mules, se redressa et, en karwinien, lança quelques mots qui devaient signifier : « Je suis prêt ».

Sans enthousiasme, la princesse les rejoignit. Avant de se lever, Rosilda prit les deux petits cailloux avec lesquels lord Dexter avait joué et les mit dans sa poche.

4

À mi-chemin de l'escalier d'honneur qui descendait vers le grand hall du palais, Rosilda s'arrêta pour jeter un coup d'œil par une étroite fenêtre en ogive.

« Quelle vue merveilleuse ! » pensa-t-elle.

La résidence princière se trouvait dans une vallée verdoyante, entre les montagnes aux pics couverts de neige.

Le crépuscule commençait à tomber et toutes les lumières de la ville de Karwinie s'allumaient peu à peu. Une heure auparavant, la petite colonne de mules en avait traversé les rues tortueuses sans attirer l'attention de qui que ce soit. On devait souvent voir des mules, des ânes ou des chèvres dans cette capitale aux maisons anciennes dont les fenêtres étaient ornées de géraniums écarlates. Rosilda avait admiré de nombreuses places pavées, où l'on voyait soit une vieille fontaine, soit une église surmontée, en guise de clocher, d'un bulbe en tuiles vernissées.

Le panorama que l'on avait de cette fenêtre était féerique, mais elle n'avait pas le temps de s'attarder : le gong annonçant que le dîner allait être servi avait résonné quelques minutes auparavant. Or la dame de compagnie de la princesse ne pouvait tout de même pas se permettre d'arriver en retard le premier soir de son arrivée !

Une arrivée bien chaotique ! Dès que les mules avaient franchi les grilles du palais, toute une foule s'était précipitée vers les voyageurs en poussant des exclamations de joie. Les hommes s'inclinaient devant la princesse, certains même lui baisaient les pieds, tandis que les femmes lui faisaient la révérence.

Puis ils s'étaient mis à courir en tous sens, les uns allaient annoncer que Son Altesse était de retour, tandis que d'autres conduisaient les mules aux écuries, et que d'autres encore se chargeaient de leurs bagages.

Un homme aux favoris blancs, vêtu d'une redingote noire ornée d'une large chaîne en argent était alors apparu.

La princesse lui avait tendu la main d'un air royal, et il l'avait conduite vers le perron, après avoir salué lord Dexter et adressé un bref signe de tête à Rosilda.

Pendant les derniers kilomètres, celle-ci avait noté que leur accompagnateur paraissait de plus en plus anxieux.

— Vous devez être content : vous avez réussi votre mission, lui avait-elle dit en étirant ses membres douloureux.

— Oui. Honnêtement, je préfère affronter toute une armée de guerriers indigènes plutôt que de recommencer une pareille expédition.

Avec un petit rire, il avait ajouté :

— On ne peut pas dire que la princesse m'ait facilité la vie...

En le voyant suivre des yeux Marianne qui gravissait l'impressionnant perron du palais, Rosilda avait ressenti un petit pincement au cœur.

Puis il s'était tourné vers elle.

— Vous êtes fatiguée ?

— Oui, avait-elle répondu simplement.

— Vous devriez aller vous reposer et prendre un bon bain avant le dîner.

La jeune fille avait rougi. La dernière partie du voyage avait été harassante et elle ne se sentait guère à son avantage.

« Je suis sûrement toute décoiffée, quant à mes vêtements, ils doivent être pleins de poussière », s'était-elle dit avec confusion.

La princesse n'était pas en meilleur état, mais elle n'avait rien perdu de son port de tête altier.

« Lord Dexter va avoir honte de moi devant tous ces personnages importants », avait soudain pensé Rosilda.

Et, soudain à bout de nerfs et de fatigue, elle avait failli éclater en sanglots. Elle avait cependant réussi à déclarer d'un ton neutre :

— Un bain sera le bienvenu, en effet.

Andrew l'avait examinée en fronçant les sourcils, sans comprendre pourquoi la lumière qui brillait dans les yeux si bleus de la jeune fille s'était soudain éteinte.

Il se rendait compte que cette chevauchée à travers les montagnes l'avait épuisée. Mais au contraire de la princesse, elle ne s'était jamais plainte.

Une femme de chambre était alors arrivée en courant.

— Ve... venez avec moi, mademoiselle, avait-elle déclaré dans un anglais hésitant.

Soulagée à la perspective de pouvoir communiquer avec l'une des domestiques du palais, la jeune fille l'avait suivie. La domestique l'avait emmenée dans une chambre luxueuse à laquelle faisait suite une salle de bains très moderne, où ronflait un énorme chauffe-eau en cuivre.

Sa petite valise était déjà là, et elle constata tout de suite que ses deux robes d'uniforme de pensionnaire avaient disparu.

« Que vais-je mettre ? se demanda-t-elle avec angoisse. Je n'ai rien d'autre... »

Elle n'eut pas le temps de poser la question. Une lingère vêtue de blanc arrivait avec ses tenues bleu marine, brossées et repassées.

— Oh, merci !

La femme de chambre qui semblait affectée à son service avait déjà mis un bain à couler, et ce fut avec délice que Rosilda se plongea dans l'eau chaude parfumée à la lavande.

Elle finissait de nouer ses cheveux en chignon quand le gong avait résonné.

— Le dîner... va être servi, lui avait dit la domestique.

— Tout de suite ?

— Dans une demi-heure, mademoiselle. Mais auparavant, tout le monde se réunit au salon.

Le crépuscule s'épaississait de minute en minute. À regret, Rosilda abandonna son poste d'observation. Elle descendit l'escalier à double révolution et arriva dans un hall somptueux dallé de marbre. La voyant hésiter, un écuyer se précipita pour ouvrir une porte.

La jeune fille eut un mouvement de recul. Elle allait donc devoir faire son entrée dans cet immense, ce somptueux salon ? La timidité la submergea en voyant tous ces messieurs en habit, ces officiers en uniforme... Et toutes ces jolies femmes vêtues de toilettes à la dernière mode, dont les bijoux étincelaient aux lumières des lustres scintillants...

« Je dois avoir l'air ridicule dans mon uniforme de pensionnaire ! » se dit-elle, loin de penser qu'elle était au contraire ravissante avec ses joues rosies, ses grands yeux bleus et les petites mèches blondes qui s'étaient échappées de son chignon confectionné à la hâte.

Elle regarda autour d'elle, cherchant un visage connu.

Un peu plus loin, lord Dexter, une coupe de champagne à la main, s'entretenait avec une très belle rousse vêtue de satin émeraude.

La jeune fille se mordit la lèvre inférieure.

« Il ne m'a même pas vue ! »

Mais pourquoi l'aurait-il remarquée ? Elle ne représentait plus rien pour lui, maintenant que sa tâche était terminée.

La princesse Marianne la rejoignit en courant. Elle portait une toilette en organza rose ornée de corail.

— Franz ! fit-elle d'un ton impérieux.

Un jeune homme de haute taille vêtu d'un uniforme constellé de décorations la prit par la taille.

— Oui, ma petite Marianne ?

— Franz, voici Mlle Rosilda Harvey. Mon chaperon ou ma dame de compagnie, comme tu veux. Elle était pensionnaire avec moi dans l'horrible pension où tu m'avais envoyée. Elle m'a accompagnée pendant cet interminable voyage et a vécu les mêmes épreuves que moi – en se plaignant moins !

La princesse adressa un coup d'œil peu amène à lord Dexter.

— Je n'ai pas encore compris pourquoi nous avons dû prendre des trains aussi inconfortables. Sans compter ces hôtels misérables…

Avec ressentiment, elle enchaîna :

— Et quand je pense que la dernière partie du trajet s'est effectuée à dos de mule, alors que j'attendais au moins un carrosse !

— Dexter avait ses raisons, dit le jeune homme.

— Peuh !

Marianne haussa les épaules et, après avoir tapoté l'épaule de Rosilda avec son éventail, poursuivit les présentations.

— Rosilda, voici mon frère, le prince Franz de Karwinie.

La jeune fille plongea dans une profonde révérence. Le prince l'aida à se relever, puis il lui baisa la main.

— Soyez la bienvenue en Karwinie, mademoiselle, dit-il dans un anglais parfait. Je vous remercie chaleureusement d'avoir aidé lord Dexter dans sa tâche. Grâce à vous deux, ma sœur est de retour saine et sauve...

Il adressa à Rosilda un sourire de connivence.

— La connaissant, je me doute que cela n'a pas dû être toujours facile.

Marianne feignit d'être offusquée.

— Pourquoi dis-tu cela ?

— Parce que rien n'est jamais facile avec toi.

— Peuh !

— Te souviens-tu du jour où tu avais réussi à fausser compagnie à ta gouvernante ? Tu n'avais que sept ans... On t'a retrouvée dans les montagnes avec le petit Johann Brantislav qui, à l'époque, ne devait pas avoir plus de huit ans. Cette escapade lui a valu d'être fouetté par son père.

Il y eut un silence. Puis la princesse s'écria :

— Oh, comme je suis maladroite ! J'ai cassé mon éventail ! Franz, nous n'allons pas ennuyer Rosilda avec les histoires de mon enfance. D'autant plus que le dîner va être servi.

Sur ces mots, elle pivota sur elle-même et s'éloigna. Mais avant cela, Rosilda avait remarqué que ses jointures avaient blanchi, tant elle crispait la main sur son éventail brisé.

Le prince éclata de rire.

— Cette Marianne ! Toujours impatiente... Je ne vous envie pas d'avoir fait ce long voyage avec elle. Non, cela n'a pas dû être drôle tous les jours. Mais quoi qu'il en soit, je vous remercie chaleureusement d'avoir été là.

— Merci, Altesse, dit-elle en faisant de nouveau la révérence.

Il lui prit le bras.

— Vous allez vous asseoir près de moi pour dîner.

La jeune fille retint sa respiration.

— Ce… c'est un grand honneur, mais ce n'est pas possible, Altesse.

— Tiens ! Et pourquoi donc ?

— Parce que… euh…

Elle regarda autour d'elle. Dans sa robe bleu marine d'une extrême simplicité, elle se sentait comme un moineau au milieu d'oiseaux exotiques aux plumes chamarrées.

Aussi impérieux, aussi capricieux que Marianne, le prince déclara :

— Vous vous assiérez près de moi. Je suis le souverain de Karwinie. Je fais ce que je veux.

Les sourcils froncés, lord Dexter observait Rosilda. À ses côtés, avec autant de curiosité que d'hostilité, la femme rousse examinait également la jeune fille.

Rosilda se sentit mal à l'aise. Devait-elle accepter ou refuser l'invitation du prince ? Elle avait l'impression d'être en train d'enfreindre un code protocolaire dont elle ignorait tout.

Elle se redressa d'un air plein de défi.

« Lord Dexter peut bien me désapprouver… je suis encore libre de faire ce qui me plaît. »

De toute façon, ce n'était pas parce qu'elle allait dîner aux côtés du souverain de Karwinie que cela allait changer quoi que ce soit aux relations diplomatiques entre l'Angleterre et cette minuscule principauté !

En souriant, elle posa la main sur le bras que lui offrait le prince Franz et l'accompagna dans une salle à manger grandiose. Elle s'efforça de ne pas se laisser éblouir par la longue table recouverte d'une nappe en damas blanc sur laquelle étincelaient les cristaux, l'or et l'argenterie.

Le prince prit place au centre de la table et fit asseoir la jeune fille à sa gauche, tandis que Marianne s'installait à sa droite.

En levant les yeux, Rosilda s'aperçut qu'elle était juste en face de lord Dexter. La rousse vêtue de satin vert avait pris place à ses côtés. D'énormes émeraudes brillaient à ses oreilles, à son cou, à ses poignets, à ses doigts...

« Elle en a peut-être même aux chevilles, pensa Rosilda avec ironie. Un vrai arbre de Noël ! »

Lord Dexter éleva la voix pour s'adresser à sa voisine de table :

— Comme je vous le disais, la jeune personne assise en face de vous, Mlle Rosilda Harvey, nous a accompagnés, la princesse et moi, pendant ce long voyage.

— Ah, la petite institutrice ! fit la grande-duchesse avec condescendance.

— Mademoiselle Harvey, poursuivit lord Dexter, voici la grande-duchesse Liz von Cortalp.

Un prince, une grande-duchesse... Rosilda sentit sa tête tourner.

— La petite institutrice... répéta la grande-duchesse. Je suis heureuse de faire votre connaissance, mademoiselle. Me permettez-vous de vous appeler Rosilda ? Nous ne faisons pas de cérémonies en Karwinie.

En dépit de ce que prétendait cette femme, Rosilda était persuadée, au contraire, qu'elle était très snob.

— Moi, je suis Liz, poursuivit la grande-duchesse. Quant au titre... qui s'en soucie de nos jours ?

Bien décidée à ne pas se laisser intimider, la jeune fille déclara :

— Vous pouvez m'appeler par mon prénom, bien entendu. Mais je crains que vous n'ayez été mal informée à mon sujet. Je ne suis pas institutrice. J'étais l'une des élèves du même pensionnat que Marianne.

La grande-duchesse éclata de rire. Tout en posant la main sur le poignet de lord Dexter, elle lança d'un ton moqueur :

— Mille excuses ! Je ne voulais pas vous offenser en disant que vous étiez institutrice... Le responsable de cette méprise n'est autre que ce cher Andrew. Il m'a raconté que vous aviez abandonné votre poste d'enseignante dans les petites classes pour accompagner la princesse.

Rosilda eut l'impression de recevoir une douche froide. Car lord Dexter avait raison... L'année scolaire était terminée, sa grand-tante ne voulait plus entendre parler d'elle et elle n'avait pas d'autre perspective d'avenir que celle de devenir professeur au pensionnat des Cinq-Chênes.

C'était probablement ainsi que la voyait lord Dexter. Une jeune fille pauvre et sans famille, obligée de gagner sa vie et appelée à vieillir tout doucement dans une institution où l'on n'accueillait que des demoiselles de la bonne société.

Mais elle n'allait pas se laisser abattre ! Elle venait de faire un grand voyage, elle allait dormir dans une chambre luxueuse, elle dînait dans un palais, aux côtés d'un prince... Ne menait-elle pas une existence de rêve ?

« Pour le moment, du moins. Quant à l'avenir... »

Elle soupira.

« Bah, je verrai bien ! »

Les yeux rétrécis, la grande-duchesse l'observait toujours.

— Et qu'allez-vous faire, maintenant ?

— J'avoue que je ne le sais pas encore. Mais je me dis que le monde est vaste et que j'aimerais le découvrir.

La grande-duchesse haussa les épaules.

— Quoi ? Mais une jeune personne comme vous ne peut pas voyager seule.

— Pourquoi pas ?

— Parce que ce serait courir de grands risques, renchérit lord Dexter.

Avec agacement, il poursuivit :

— Réfléchissez un peu ! Vous pourriez devenir la proie d'individus sans scrupule et...

Le prince prit la main de Rosilda.

— Vous me négligez, jolie blonde... fit-il avec bonne humeur.

Pas mécontente d'échapper aux réflexions aigres-douces de lord Dexter et de la grande-duchesse, la jeune fille lui répondit d'un ton léger :

— Quelle idée ! Je ne néglige personne, Altesse.

— Appréciez-vous la cuisine karwinienne ?

— Ce potage est excellent, Altesse.

— Il est fait avec les légumes de nos montagnes. On y ajoute un peu de crème et une pointe de paprika.

Le prince avait une manière chaleureuse de mettre ses interlocuteurs à l'aise. Se sentant en confiance, Rosilda n'hésita pas à plaisanter.

— Vous arrive-t-il de vous mettre aux fourneaux, Altesse ?

Il leva les yeux au ciel.

— À Dieu ne plaise !

Et, dans un éclat de rire, il ajouta :

— Je ne pense pas que vous aimeriez mes petits plats. Je crois que je les raterais tous...

Son hilarité augmenta.

— Au lieu de les surveiller, je regarderais par la fenêtre. Et dès que je verrais une jolie fille passer... je laisserais tout brûler.

Le prince s'amusait d'un rien et semblait être un incorrigible flirteur.

« Je préfère cela au visage renfrogné de ce donneur de leçons d'Andrew Dexter », se dit Rosilda.

Malgré tout, dès qu'elle en avait l'occasion, elle ne pouvait s'empêcher de l'observer entre ses cils baissés.

« Il ne me prête aucune attention, constata-t-elle avec dépit. Il ne s'intéresse qu'à la grande-duchesse. »

— Racontez-moi votre voyage, lui demanda le prince.

Avant qu'elle ait eu le temps de répondre, Marianne lança :

— Une horreur !

Rosilda s'aperçut à ce moment-là que la princesse n'avait rien mangé depuis le début du repas.

Elle paraissait profondément déprimée et même son frère s'en aperçut.

— Que t'arrive-t-il, Marianne ? Tu as l'air triste... Pourtant, tu devrais être ravie d'être revenue en Karwinie.

La princesse prit son verre de vin blanc et but quelques gorgées.

— Je suis très contente, naturellement.

— Alors pourquoi ce visage morose ?

— Je n'en sais rien.

Elle haussa les épaules avec agacement.

— Je suis fatiguée.

— Je t'ai préparé une surprise. Cela va certainement te rendre ton sourire.

— Vraiment ? fit Marianne avec lassitude.

— Oui. Un bal ! Que dis-tu de cela ?

— Ah, bon ? Un bal...

— En l'honneur de ton retour en Karwinie. Ce sera également l'occasion d'annoncer officiellement tes fiançailles avec le duc de Szentheliev. Ensuite, il faudra organiser le mariage qui sera célébré en grande pompe dans la cathédrale.

Marianne se raidit. Quelques gouttes de vin tombèrent sur la nappe.

Puis elle se reprit.

— Ah, bon ? Nous allons donc danser... Mais pourquoi annoncer des fiançailles qui ont été arrangées pratiquement depuis ma naissance ?

Le prince se mit à rire.

— Tout le monde est au courant, je te l'accorde. N'empêche qu'il faut faire les choses selon les règles.

Marianne haussa de nouveau les épaules.

— Les gens s'en moquent.

— Pas du tout. Ils savent que ce mariage devrait assurer la stabilité dans notre région. Ce qui est très important par ces temps troublés. N'est-ce pas, Dexter ?

Ce dernier se tourna vers lui.

— Excusez-moi, Altesse, je n'ai pas entendu votre question.

Le prince se remit à rire.

— Évidemment ! Vous contiez fleurette à votre belle voisine... Ah, ces Anglais !

À cette réflexion lancée en l'air, Rosilda se sentit envahie d'une jalousie presque primitive.

« Que m'arrive-t-il donc ? » se demanda-t-elle, sidérée par sa réaction.

Reprenant son sérieux, le prince répéta sa phrase, et lord Dexter hocha gravement la tête.

— Tout à fait, Altesse. Sa Majesté la reine Victoria et le Premier ministre ont toujours été en faveur d'un tel mariage. La réunion de la principauté de Karwinie et du duché de Szentheliev va représenter un indéniable facteur de paix en Europe de l'Est.

« Et l'amour, dans tout cela ? » se demanda Rosilda, horrifiée à la pensée que Marianne ne représentait qu'un pion dans le jeu des politiciens.

Le prince se tourna vers elle.

— Je parie que vous valsez divinement. Je réserve déjà plusieurs danses.

— Cela me semble difficile, coupa lord Dexter.

— Pourquoi donc ?

— Tout simplement parce que Mlle Harvey ne sera plus là. Elle n'a aucune raison de s'éterniser en Karwinie. Elle va retourner en Angleterre.

Rosilda faillit éclater en sanglots. Comme il avait hâte de se débarrasser d'elle !

Elle tenta de se raisonner.

« Je n'ai plus rien à faire ici. Lord Dexter m'a priée de devenir la dame de compagnie de Marianne, le temps du voyage. Ma mission est terminée. »

D'autant plus qu'au palais, la princesse ne craignait plus rien. Il y avait suffisamment d'écuyers, de soldats et de domestiques pour veiller sur elle.

« Oui, ma mission est terminée, se dit-elle avec amertume. Il ne me reste plus qu'à partir. »

Où irait-elle ? Que deviendrait-elle ? L'avenir lui parut soudain bien sombre.

La grande-duchesse Liz s'esclaffa.

— Andrew ! Vous semblez très pressé de voir cette petite Mlle Harvey rentrer d'où elle vient.

— Il ne s'agit pas de cela. Elle devait accompagner la princesse jusqu'en Karwinie. Point final.

Ces deux derniers mots résonnèrent comme un glas.

Rosilda, qui continuait à lutter contre ses larmes, s'aperçut qu'elle crispait les mains sur sa serviette. Il fallait absolument qu'elle se détende ! À aucun prix, lord Dexter ne devait deviner combien ses remarques cassantes lui avaient fait mal.

— Vous avez raison, réussit-elle à déclarer d'une voix unie. Je serais très contente de pouvoir visiter les villes que nous avons traversées en coup de vent.

De son côté, Andrew s'efforçait de se calmer. Il n'aurait pas voulu se montrer aussi acerbe. Mais cela l'avait mis hors de lui de voir le prince, ce coureur de jupons, se pencher vers Rosilda en lui faisant promettre de danser avec lui...

Dès son plus jeune âge, le prince avait eu l'habitude de voir tous ses caprices satisfaits. Cela continuait. Il lui suffisait de claquer les doigts pour que la jolie fille choisie arrive en courant...

Pour lui, tout cela n'était qu'un jeu. Ce dont Rosilda, dans sa candeur, n'avait aucune idée. Mais lord Dexter était bien décidé à ne pas la laisser tomber dans un tel piège.

« Je me sens un peu responsable d'elle, se dit-il. Si elle perdait sa réputation parce que je lui ai demandé de me seconder, je ne me le pardonnerais pas. »

D'un air soucieux, il examina la jeune fille. Elle avait les yeux très brillants, un peu comme si elle était sur le point de pleurer. Puis elle se mit à rire à une plaisanterie du prince.

« Cela risque d'aller trop loin, en effet, songea-t-il. Il faut absolument qu'elle quitte la Karwinie dans les plus brefs délais. »

Il avait une autre raison pour hâter ce départ. Rosilda croyait que tout danger était maintenant écarté. Mais il avait surpris des rumeurs... Les opposants du prince cherchaient à fomenter des troubles.

« La situation peut évoluer d'un jour à l'autre. Or je ne veux pas la voir courir le moindre danger. »

Depuis son retour en Karwinie, lord Dexter avait pu étudier le comportement d'Ernst de Grywde. Ce dernier semblait avoir toute la confiance du prince. Mais pour lord Dexter, ce n'était qu'un traître.

« Je jurerais qu'il est à la tête du mouvement qui veut s'emparer du pouvoir. »

Mille détails lui permettaient de le penser, mais il ne possédait aucune preuve, tout au moins jusqu'à présent. Certes, il aurait pu faire part de ses soupçons au prince, mais il savait déjà que ce dernier les écarterait d'un revers de la main, tout en éclatant de rire.

— Grywde, mon meilleur ami, serait en réalité mon pire ennemi ? Vous avez trop d'imagination, Dexter !

Marianne ne toucha pas plus à son dessert qu'au reste.

Ses fiançailles avec Wilhelm de Szentheliev seraient donc prochainement annoncées ? Ce n'était pas une véritable surprise… Elle avait toujours su que ce jour sombre viendrait.

Elle tenta de se rasséréner. Bientôt, Johann arriverait. Et, ensemble, ils trouveraient le moyen d'empêcher ce mariage.

Il était temps de se rendre au salon. La princesse se leva et y emmena les invitées, laissant les messieurs fumer un cigare et boire qui un porto, qui un cognac.

La grande-duchesse Liz s'attarda dans le grand hall dallé de marbre, sous prétexte de devoir remettre en place le nœud qui ornait son escarpin de soie émeraude. Elle se trouvait seule au moment où un homme au visage jovial la rejoignit.

— Alors ?

— Ah, vous voilà, Grywde ! J'ai été étonnée de ne pas vous voir au dîner.

Ernst de Grywde eut un geste indifférent.

— J'avais à faire. Y a-t-il quelque chose de nouveau ?

— Un bal va avoir lieu pour célébrer le retour de la pimbêche en Karwinie. Le prince en profitera pour annoncer ses fiançailles avec Szentheliev.

Ernst de Grywde serra les dents.

— Ce mariage n'aura pas lieu.

— Nous sommes là pour y veiller.

— L'Anglais risque-t-il de nous causer des problèmes ?

— Non.

La grande-duchesse esquissa un sourire sarcastique.

— Je le mène déjà par le bout du nez.

Et la dame de compagnie ?

— Elle ? Bah ! Ce n'est qu'une petite insignifiante qui est sur le point de retourner en Angleterre. Inutile de nous mettre martel en tête pour elle.

Ernst de Grywde eut un sourire cruel.

— Elle est jolie. Je ne refuserais pas de m'amuser pendant une heure ou deux avec ce morceau de roi et…

La grande-duchesse l'interrompit.

— Mon ami, le moment serait bien mal choisi pour se laisser distraire.

— Vous avez raison, admit-il. Dommage, quand même…

5

Deux jours plus tard, sa petite valise à ses pieds, Rosilda attendait dans le hall du palais la voiture qui l'emmènerait par la grand-route jusqu'à la gare principale de la principauté. Il ne serait pas question, cette fois, de retourner de l'autre côté de ces montagnes qu'elle avait traversées à dos de mule en compagnie de lord Dexter et de Marianne.

La jeune fille retint un soupir. Cela lui faisait mal de penser qu'elle avait été en quelque sorte renvoyée. Mais si elle tentait de voir la situation d'une manière objective, elle devait admettre qu'elle n'avait plus rien à faire en Karwinie.

Entourée de dames de compagnie, de domestiques, et même de gardes du corps, la princesse n'avait plus besoin d'elle.

Rosilda avait eu l'occasion d'apercevoir de loin Ernst de Grywde, celui dont lord Dexter se méfiait tant. Il plaisantait avec le prince et il était difficile de croire que cet homme enjoué pouvait vouloir du mal à la princesse.

Depuis leur arrivée en Karwinie, l'attitude de cette dernière avait changé. Elle qui était d'ordinaire pleine de vitalité ne s'intéressait plus à rien.

— Vous sentez-vous bien ? lui avait demandé plusieurs fois Rosilda, étonnée de la voir aussi amorphe.

— Mais oui. Quelle question !

La veille au soir, après dîner, elle avait appelé Rosilda dans sa chambre.

— Prenez tout ce que vous voulez, lui avait-elle dit en désignant les toilettes qui s'amoncelaient sur le lit à la courtepointe en soie. Ce sont des vêtements que je ne mettrai plus et comme nous sommes de la même taille, ils devraient vous aller.

— Je ne peux pas accepter de…

Marianne lui avait coupé la parole.

— Je vous en prie, ne faites pas de manières ! Vous n'allez pas repartir avec le peu de vêtements que vous avez apportés. Vos bas doivent être usés jusqu'à la corde. Les miens étaient troués quand je suis arrivée ici. Jamais je n'étais tombée aussi bas !

Retrouvant un peu de sa vigueur d'antan, elle s'exclama :

— Ah, quand je pense que nous étions limitées à un seul bagage… Ce lord Dexter nous en a fait voir !

— C'était pour votre bien, avança timidement Rosilda.

— Vous voulez rire ? Il n'y avait aucune raison pour nous obliger à prendre d'affreux tortillards et à descendre dans des hôtels minables. Si vous voulez savoir, cet homme n'est qu'un sadique ! Cela devait l'amuser de m'humilier.

Rosilda s'approcha du lit. Il y avait là des ensembles de voyage, une amazone, des tenues du jour et du soir, des bas de soie, des jupons brodés, deux somptueuses toilettes du soir…

— C'est beaucoup trop beau pour moi. Quand aurai-je l'occasion de porter des robes de bal ?

— Tout peut arriver dans la vie. Vous épouserez peut-être un homme riche et important et serez l'une des personnes les plus en vue à la Cour d'Angleterre.

— Vous voulez rire ?
— Qui sait ce que l'avenir vous réserve ?
— Mais, Marianne...
— Je vous en prie, ne protestez pas, cela me fatigue. Je vais demander à ma femme de chambre de mettre tout cela dans une malle que l'on fera porter à la grande gare.
Avec un rire sans joie, elle ajouta :
— Vous devriez être contente de voyager à bord d'un train convenable.
Mue par une soudaine impulsion, Rosilda alla embrasser la princesse.
— Merci, Marianne.
La princesse l'embrassa à son tour.
— C'est moi qui dois vous remercier d'avoir toujours été si gentille... et d'avoir supporté ma mauvaise humeur sans jamais vous plaindre.
Rosilda préféra ne pas faire de commentaire.
— J'espère que vous serez heureuse avec le duc de Szentheliev, se contenta-t-elle de dire. Je regrette seulement de devoir partir demain, ce qui fait que je ne pourrai pas le rencontrer...
La princesse haussa les épaules.
— Peuh ! C'est un jeune homme comme les autres. Ennuyeux comme la pluie, bête, prétentieux... mais au moins, il n'est pas méchant. Notre mariage représente un certain enjeu politique. Tout le monde sera content, sauf...
Rosilda devina qu'elle avait failli ajouter : « sauf moi ».
« Pourquoi paraît-elle aussi découragée ? se demanda-t-elle. Elle ne manque pas de bon sens et sait que son destin veut qu'un jour, elle devienne duchesse de Szentheliev. »
La jeune fille, qui ne manquait pas de perspicacité, devinait cependant que la princesse n'était pas heureuse.

— Vous le trouvez ennuyeux... Cela signifie que vous ne l'aimez pas. Pourquoi seriez-vous obligée d'épouser un homme pour lequel vous n'éprouvez aucun tendre sentiment ? Votre frère ne peut tout de même pas vous y forcer.

— La raison d'État...

— La raison d'État a ses limites, assura Rosilda.

Marianne la regarda avec curiosité.

— Lorsque vous vous marierez, ce sera par amour ?

— Je ne peux envisager mon mariage autrement. Mais j'admets que, dans votre cas, les circonstances sont très différentes. Je vois mal qui pourrait me forcer à contracter une union sous un prétexte politique !

— Vous avez beaucoup de chance, fit la princesse avec amertume. Vous pouvez écouter votre cœur.

Les larmes vinrent aux yeux de Rosilda. Écouter son cœur ? Soit... Mais le seul homme auprès duquel elle aurait voulu passer toute sa vie n'avait qu'une hâte : se débarrasser d'elle.

Après avoir remercié Marianne pour cette garde-robe de rêve, elle avait regagné sa chambre et s'était mise au lit. Mais le sommeil avait refusé de venir.

« Je ne le reverrai probablement jamais », ne cessait-elle de se dire avec amertume, en serrant au creux de sa main les deux cailloux qu'elle avait gardés parce que lord Dexter les avait touchés.

Viendrait-il seulement lui faire ses adieux le lendemain ?

C'était la question qu'elle se posait en cet instant, debout dans le grand hall du palais.

Au moins, grâce à Marianne, elle paraissait à son avantage ce matin-là, vêtue d'un ensemble de voyage en drap bleu roi agrémenté de brandebourgs en soie d'un bleu plus pâle.

Elle avait réuni ses cheveux en chignon avant de se coiffer d'un grand chapeau, lui aussi bleu roi, dont la plume affectait une élégante courbe lui frôlant les sourcils.

Elle glissa la main dans sa poche pour effleurer les fameux cailloux. Elle se rendait compte qu'il était stupide de les garder. Mais comment trouver le courage de les jeter ?

« C'est tout ce que j'ai de lui », pensa-t-elle, le cœur lourd.

Juste à ce moment-là, lord Dexter la rejoignit. Intensément troublée, elle retint sa respiration.

« Il est quand même venu me dire au revoir… »

Marianne ne s'était pas donné cette peine. Mais elle ne s'attendait pas à autre chose de la part de cette jeune personne capricieuse.

Le visage de lord Dexter était sérieux, presque grave. Après avoir consulté sa montre de gousset, il s'efforça de sourire.

— Vous êtes à l'heure, félicitations. Les femmes sont rarement ponctuelles.

Elle hocha la tête, sans se rendre compte que cela faisait danser la plume devant ses yeux, attirant l'attention sur ses prunelles d'un bleu foncé tirant sur le violet.

— Un long voyage m'attend. Mieux vaut ne pas manquer le premier train.

— Vous devez être contente de retourner en Angleterre.

— Je regrette de ne pas avoir eu le temps de visiter la capitale de la Karwinie. Et j'aurais aussi voulu faire mes adieux au prince. Il va me trouver bien impolie d'être partie sans même l'avoir remercié de son hospitalité.

Le visage d'Andrew s'assombrit.

— Je lui transmettrai vos remerciements.
— Merci.
Andrew s'était arrangé pour que la jeune fille parte le plus tôt possible – afin, justement, de lui éviter une autre rencontre avec le prince. Il savait que ce dernier se levait en général très tard. Il passait une bonne partie de la soirée à jouer aux cartes avec ses amis, tout en fumant et en buvant.
— Quant à moi, reprit-il, je dois vous remercier chaleureusement pour votre aide pendant la durée de cet étrange voyage. Vous avez vécu des journées parfois difficiles...
Il lui tendit un petit sac en velours noir.
— Voici une partie de votre salaire en pièces d'or. Le reste vous sera versé à votre retour en Angleterre. Je vous serais reconnaissant de bien vouloir communiquer votre adresse au ministère des Affaires étrangères.
Rosilda se sentit rougir. Un salaire ! Pas une seule fois elle n'avait pensé qu'elle allait être payée pour accompagner la princesse jusqu'en Karwinie !
Mais il fallait qu'elle se fasse une raison. Que représentait-elle pour lord Dexter ? Une employée... Rien de plus.
Si elle s'était écoutée, elle aurait jeté ce sac en velours sur les dalles de marbre. Elle rejeta cette tentation. Car cela aurait été bien stupide !
Certes, un écuyer lui avait remis ce matin-là une enveloppe contenant tous ses billets de train et de ferry-boat jusqu'à Londres – et en première classe ! Mais comment une jeune fille seule aurait-elle pu traverser l'Europe avec, en tout et pour tout, les dix livres sterling que lui avait données sa grand-tante ?
Elle mit le petit sac en velours dans son sac.
— Merci, fit-elle d'une voix étranglée.
Et elle se détourna pour qu'il ne puisse pas voir les larmes qui perlaient à ses longs cils.

Andrew hésita. Il devinait qu'il l'avait blessée... Était-ce parce qu'il lui avait donné de l'argent ? Mais elle avait largement gagné son salaire en affrontant les dangers, le caractère versatile de la princesse et les difficiles conditions de voyage.

— La voiture ne devrait pas tarder à arriver, dit-il enfin.

— Vous n'avez pas besoin d'attendre, milord.

Avec colère, elle enchaîna :

— Je suis sûre que vous avez mieux à faire.

— Rosilda...

Il s'interrompit en voyant un écuyer se diriger vers lui d'un pas rapide.

— Milord...

Suivit un flot de karwinien.

Lord Dexter haussa les sourcils. Après avoir posé deux ou trois questions à l'écuyer, il se tourna vers Rosilda.

— Votre voyage est retardé.

— Mon voyage est retardé ? répéta la jeune fille. Comment cela ?

— La route est coupée. Il y a eu un éboulement de rochers. Cela arrive souvent... Les ouvriers sont déjà à l'œuvre, mais il va falloir compter deux ou trois jours avant que la chaussée soit complètement dégagée. Et...

La voix du prince l'interrompit.

— Voilà une bonne nouvelle ! Vous voilà donc retenue en Karwinie, charmante Rosilda ? Nous aurons donc le plaisir de profiter de votre charmante compagnie le soir du bal...

En tenue d'équitation, le prince Franz souriait.

— La nature est de notre côté, n'est-ce pas, Dexter ?

— Je n'en suis pas sûr. Tout cela me semble plutôt fâcheux, Altesse. Comment le fiancé de la princesse pourra-t-il arriver au palais ?

— Oh, il n'y a aucun problème de ce côté ! La petite route qui passe par le col marquant la frontière entre la Karwinie et le Szentheliev n'est pas bloquée.

Le prince adressa un sourire à Rosilda.

— Je vais monter à cheval. Aimeriez-vous m'accompagner ? Je serais heureux de vous montrer mon pays.

Lord Dexter s'interposa.

— Mlle Harvey ne souhaite certainement pas vous retarder, Altesse, et...

— Une promenade à cheval ? s'écria la grande-duchesse qui venait d'arriver, superbe dans une amazone couleur ambre. Vous allez vous joindre à nous, Andrew, n'est-ce pas ?

Lord Dexter s'inclina.

— J'en serais ravi. À condition que vous nous laissiez le temps, à Mlle Harvey et à moi, d'aller nous mettre en tenue.

Le prince paraissait plutôt déçu. Il avait eu l'intention de partir seul en compagnie de cette jolie Anglaise blonde... et voilà que d'autres s'invitaient !

— Vous avez dix minutes, pas une seconde de plus, fit-il avec autorité. Pendant ce temps, je vais demander que l'on selle nos montures.

Rosilda courut dans sa chambre, où l'on avait déjà remonté la malle remplie des effets que lui avait donnés Marianne. En hâte, elle troqua son ensemble de voyage contre une amazone rouge foncé et des bottes qui, visiblement, n'avaient jamais été portées.

Elle avait peine à comprendre l'attitude de lord Dexter. Tout d'abord, il avait voulu l'empêcher de monter à cheval... puis, dès que la grande-duchesse avait annoncé qu'elle serait de la partie et lui avait proposé de venir, il n'avait plus présenté aucune objection.

Lorsqu'elle descendit, un écuyer lui apprit que le prince et ses amis étaient allés aux écuries.

— C'est tout de suite à votre gauche, mademoiselle, lui dit-il dans un anglais à l'accent très prononcé.

— Merci beaucoup.

La jeune fille arriva dans une vaste cour pavée entourée de box. Les palefreniers allaient et venaient en tous sens. Les uns poussaient des brouettes pleines de paille, d'autres apportaient des seaux d'eau, d'autres encore tenaient par la bride les chevaux sélectionnés pour la promenade.

Le prince était déjà en selle sur un étalon blanc dont la longue crinière volait dans le vent. Deux gardes du corps, vêtus de vert bouteille, l'encadraient en tentant de passer inaperçus – ce qui semblait difficile ! La grande-duchesse, en amazone sur une jument alezane, avait l'air d'une gravure de mode...

— Ah ! Voilà notre ami Andrew ! s'exclama-t-elle quand lord Dexter apparut, la taille bien prise dans une veste d'équitation noire sur laquelle tranchait sa cravate en piqué blanc.

Marianne arriva sur ces entrefaites. Elle ne cacha pas sa surprise en voyant Rosilda.

— Vous êtes encore là ? Je croyais que vous deviez partir ce matin.

— Un éboulement a bloqué la route.

— Encore ! J'ai l'impression que cela arrive de plus en plus souvent.

— Résultat : je suis toujours là !

— Très bien. Comme cela, vous irez au bal, dit la princesse d'un ton morne.

Ses yeux étaient cernés dans son visage pâle.

« Quelque chose semble la ronger », pensa Rosilda, qui n'osa cependant pas lui poser de questions.

Deux palefreniers amenèrent deux jeunes chevaux gris légèrement pommelés. Ils se mirent en devoir de resserrer les sangles des selles en amazone tandis que le prince déclarait avec fierté :

— Mon dernier achat ! Tim et Tom. Des jumeaux – ce qui est très rare, paraît-il. L'un sera pour toi, Marianne, et l'autre pour ton amie.

La princesse fit la grimace.

— Je préfère monter Joliette, ma jument.

Elle haussa les épaules.

— Mais puisque ceux-là sont prêts…

Elle prit les rênes du plus proche quand la grande-duchesse lança :

— Je vous conseille de prendre l'autre, Marianne. Il semble plus vif, et je suis sûre que la petite Mlle Harvey préfère une monture tranquille.

La colère submergea la jeune fille. Elle détestait la grande-duchesse, cette femme qui s'efforçait toujours de la rabaisser.

Elle s'approcha du cheval que Liz von Cortalp avait jugé trop nerveux pour elle. Dès qu'elle se mit en selle, il se mit à faire des petits bonds sur place.

— Du calme… Du calme ! dit-elle en le caressant.

Cela parut apaiser l'animal. Lord Dexter, qui montait un grand étalon bai, s'approcha d'elle.

— Vous êtes sûre de pouvoir le maîtriser ? Vous savez, il n'y a aucune honte à admettre que vous seriez plus à l'aise sur un cheval sans problème.

Vexée, elle lui adressa un coup d'œil plein de défi.

— Je suis très contente de monter celui-ci, affirma-t-elle.

Le cheval de Marianne ne bougeait pas, tandis que le sien, les oreilles couchées, lança une ruade.

— Du calme, répéta-t-elle.

C'était une bonne cavalière, mais il y avait près de trois ans qu'elle n'avait pas pu monter sérieusement. Les quelques vieux chevaux mis à la disposition des pensionnaires des Cinq-Chênes se contentaient de tourner en rond dans le manège, au pas, ou, dans le meilleur des cas, à un petit trot poussif.

« Une fois qu'il sera un peu détendu, il cessera de se défendre », tenta-t-elle de se persuader.

Le prince vint près d'elle.

— Allons-y ! Votre Tim – ou est-ce Tom ? – semble un peu nerveux. Dès que ce sera possible, nous prendrons le galop. Cela le détendra, il deviendra doux comme un agneau.

Les sabots des chevaux résonnèrent sur les pavés tandis que le petit groupe s'ébranlait.

Après avoir suivi l'une des allées du parc, les cavaliers sortirent par une grille grande ouverte donnant directement sur la campagne.

Le prince attendit qu'ils soient dans un pré pour mettre son étalon blanc au trot. Puis il leva le bras et tout le monde partit au galop dans l'herbe courte émaillée de pâquerettes.

Rosilda respira à pleins poumons. Son cheval, qui avait adopté un galop régulier, se mit soudain à tourner la tête nerveusement d'un côté et de l'autre. Puis il hennit furieusement, rua, se cabra et partit comme une flèche vers les montagnes.

La jeune cavalière raccourcit ses rênes, s'efforçant de l'arrêter et, surtout, de rester en selle, tandis que des cris d'effroi retentissaient derrière elle.

Tim – ou Tom – filait droit devant lui, vers un étroit sentier bordé par des rochers. Rosilda comprit alors qu'elle ne parviendrait pas à stopper sa course folle. Puis elle sentit la selle tourner. Les palefreniers ne l'avaient pas suffisamment sanglée...

« Je vais tomber ! se dit-elle avec horreur. Et si j'atterris sur ces rochers... »

Juste au moment où elle se croyait perdue, un bras solide la saisit par la taille et elle se trouva soulevée en l'air.

Le sentier menait à une sorte d'esplanade herbeuse au centre de laquelle se trouvait un petit lac alimenté par une cascade.

Lord Dexter arrêta son cheval et laissa la jeune fille glisser jusqu'au sol. Elle eut l'impression que ses jambes ne la portaient plus. Si lord Dexter n'avait pas sauté à terre pour la soutenir, elle se serait probablement écroulée.

— Vous vous êtes fait mal ? demanda-t-il avec angoisse.

Elle s'étonna de lui voir ce visage pâle, tendu.

— Non... murmura-t-elle. Je... je suis juste un peu essoufflée. Et...

À quoi bon prétendre le contraire ?

— Et j'ai eu peur, ajouta-t-elle avec franchise.

— Moi aussi ! Si quelque chose vous était arrivé...

Il s'interrompit brusquement. Sa monture baissa la tête et se mit à manger les longues herbes. Et à ce moment-là, au grand étonnement de Rosilda, le cheval gris pommelé qui s'était emballé les rejoignit.

— Il a l'air calmé, maintenant, remarqua lord Dexter avec surprise. Que s'est-il passé ?

— Je ne l'ai pas encore compris. La selle n'était pas suffisamment sanglée et a commencé à tourner. Il est devenu comme fou... Je me demande s'il n'a pas été piqué par un frelon ou une guêpe.

Lord Dexter s'approcha de l'animal et lui caressa l'encolure. Puis il défit la selle et jura entre ses dents.

Il montra à la jeune fille ce qu'il venait de découvrir : une branche hérissée d'énormes épines.

— Je peux comprendre qu'il se soit emballé. Voyez !

Il jura de nouveau en tournant la tête vers le sentier.

— Et voilà déjà les autres...

Il jeta la branche dans le lac.

— Ne parlez à personne de ce que nous avons trouvé. Dites seulement que ce cheval était trop puissant pour que vous puissiez l'arrêter.

— Ce n'était pas ma faute, quand même ! protesta-t-elle.

— Je le sais. Mais mieux vaut garder tout cela pour nous. Et rester sur nos gardes.

Il lui sourit.

— Je suis désolé. Tant pis pour votre petit orgueil de bonne cavalière...

— Je comprends ! s'exclama-t-elle soudain. C'était Marianne qui était visée !

— Naturellement.

— La grande-duchesse voulait que je prenne l'autre cheval et que la princesse monte celui-ci.

— Oui...

— Je croyais que tout risque se trouvait écarté, maintenant que Marianne était de retour au palais.

— Moi aussi. Ce n'est pas le cas, apparemment !

En hâte, il remit la selle en place.

— Nous devons être plus attentifs que jamais. Méfions-nous d'Ernst de Grywde et de Liz von Cortalp.

D'un ton grave, il poursuivit :

— Le danger rôde. Je m'en veux d'avoir cessé de veiller sur la sécurité de la princesse... Par ailleurs, cela m'ennuie que vous soyez mêlée à tout cela.

Il serra les poings.

— Oh ! Si seulement vous aviez pu partir ce matin comme prévu ! Que ne donnerais-je pas pour que vous soyez loin d'ici !

Les autres arrivaient.

— Oh, là là ! Quelle histoire ! s'écria le prince.

— Bah ! Plus de peur que de mal, Altesse, rétorqua lord Dexter d'un ton léger.

Rosilda prit l'air penaud d'une mauvaise cavalière incapable de maîtriser sa monture. Une nouvelle fois, elle devait ravaler ses larmes... et son orgueil.

Son amour pour lord Dexter croissait de jour en jour... Elle rêvait de vivre dans son ombre. Et tout ce qu'il souhaitait ? C'était de la voir à des milliers de kilomètres de là !

Le ciel était bien noir le jour du grand bal donné en l'honneur du retour de la princesse Marianne de

Karwinie et de l'annonce officielle de ses fiançailles avec le duc de Szentheliev.

Au-dessus des sommets couverts de neiges éternelles, des nuages couleur encre s'amoncelaient. Les habitants de la principauté faisaient la grimace en consultant le baromètre.

Allaient-ils devoir subir l'une de ces dévastatrices tempêtes d'été ? Par prudence, les paysans rentrèrent les animaux et les femmes le linge qu'elles avaient mis à sécher dehors. Mais on ne pouvait rien faire, malheureusement, pour protéger les récoltes.

Marianne s'éveilla de bonne heure ce matin-là. Elle était en train de contempler le plafond à caissons de sa somptueuse chambre d'un air morne quand, après avoir frappé un coup léger à la porte, une femme de chambre entra.

Elle fit la révérence à la jeune fille qui s'étirait dans son lit et posa le plateau d'argent du petit déjeuner sur la table de nuit avant d'aller tirer les épais rideaux de soie bleue.

— Le *Grouffle* s'est levé, Altesse.

Le *Grouffle*... C'était le nom local de ce vent terrible venu des montagnes.

— Nous allons avoir une tempête, ajouta-t-elle.

Marianne s'assit dans son lit pour mieux voir les pics blancs sous un ciel sombre.

— Le bal sera peut-être annulé ? fit-elle avec espoir.

— Oh, non, Altesse ! s'exclama la domestique. Même le *Grouffle* n'aura pas raison d'une pareille fête.

Après une autre révérence, elle sortit.

Marianne soupira. Que n'aurait-elle pas donné pour que ce bal n'ait pas lieu ! La perspective de devoir s'entretenir avec les proches du duc la déprimait à l'avance. Et elle serait également obligée de danser avec son fiancé ! Il lui faudrait faire bonne figure et feindre d'être heureuse, alors qu'elle était plus amoureuse que jamais de Johann Brantislav.

Elle prit un abricot sur le plateau, se leva et, pieds nus, s'approcha de l'une des fenêtres. Au lieu de regarder le ciel, elle abaissa son regard vers la ville. Entre le palais et les premières maisons se trouvait une vaste propriété entourée d'un parc.

Un sourire lui vint aux lèvres, tandis qu'elle retenait sa respiration. Une écharpe couleur ambre flottait à l'une des fenêtres... L'écharpe en soie qu'elle avait délibérément laissée dans le train à leur arrivée.

Elle savait que Johann se trouvait dans le même train. Et maintenant, il s'arrangeait pour lui faire savoir qu'il pensait à elle et qu'il l'aimait.

Quand on frappa de nouveau à la porte, elle enfila en hâte un déshabillé assorti à sa chemise de nuit.

— Entrez.

Une autre femme de chambre apparut.

— Un message de Son Altesse, Altesse, dit-elle tout en faisant la révérence. Il demande que vous alliez le retrouver dans son bureau dès que vous serez prête.

La princesse secoua la tête.

— Ce n'est pas possible pour le moment, j'ai une terrible migraine. Je vais me reposer. Surtout, que personne ne me dérange. Dites à son Altesse que j'irai la voir dès que je me sentirai un peu mieux.

— Bien, Altesse.

Une fois seule, Marianne alla fermer la porte de sa chambre au verrou. Puis elle ouvrit un coffre ancien et en sortit un costume traditionnel de paysanne : une jupe rouge foncé, une blouse brodée de vives couleurs et un tablier. Après avoir revêtu tout cela, elle se couvrit la tête d'un fichu qu'elle noua sous son menton.

Sans prendre le temps de vérifier sa tenue dans la glace, elle alla soulever la tapisserie ancienne qui se trouvait entre deux fenêtres, découvrant ainsi un mur de gros moellons blanchâtres. Avec dextérité, elle manœuvra un minuscule levier caché dans la plinthe, ce qui fit pivoter une porte étroite dont la peinture imitait les pierres à s'y méprendre.

Sans la moindre hésitation, elle emprunta l'étroit escalier en colimaçon qui descendait dans l'obscurité.

C'était un très vieux valet, mort depuis, qui lui avait révélé l'existence de ce passage construit dans l'épaisseur du mur. Marianne était sûre qu'aucun des domestiques ne connaissait son existence. Et son frère pas davantage.

À l'étage au-dessus, accoudée à sa fenêtre, Rosilda contemplait le ciel menaçant.

Elle avait la migraine… Une *vraie* migraine ! Quoi de surprenant ? Elle avait à peine dormi. Dès qu'elle fermait les yeux, elle revoyait le visage de celui qu'elle appelait Andrew dans le secret de son cœur. Et elle l'entendait prononcer ces mots qui lui avaient fait l'effet d'un coup de poignard :

— Oh ! Si seulement vous aviez pu partir ce matin comme prévu ! Que ne donnerais-je pas pour que vous soyez loin d'ici !

Elle se prit la tête entre les mains.

« Mon Dieu, pourquoi a-t-il fallu que je tombe amoureuse de lui ? » se demanda-t-elle avec désespoir.

Les larmes se mirent à couler sans retenue sur ses joues pâles.

« Je sais que même si je ne le revois jamais, je l'aimerai jusqu'à mon dernier souffle. Hélas, que suis-je pour lui ? Juste un encombrement… Un poids dont il aimerait se débarrasser. »

La colère la submergea.

« Je l'adore, et il n'éprouve rien pour moi. »

Son attention fut soudain attirée par une silhouette mince qui émergeait des remparts avant de poursuivre son chemin d'un pas rapide. C'était une jeune femme. Une paysanne en costume traditionnel.

Rosilda laissa échapper une brève exclamation.

« Une paysanne ? Pas du tout ! »

Elle venait de reconnaître la princesse !

« Elle est folle ! Sortir seule, sous un tel déguisement... »

Mais peut-être s'était-elle trompée ? Peut-être s'agissait-il tout simplement d'une servante ? Car il n'y avait aucune raison pour que Marianne, au matin du grand bal au cours duquel on annoncerait ses fiançailles, s'amuse à courir la campagne sans le moindre garde du corps.

Rosilda ouvrit la fenêtre et faillit l'appeler. Puis elle haussa les épaules. Comment la princesse pourrait-elle l'entendre, à une telle distance ?

Inquiète malgré tout, elle descendit à l'étage où se trouvait la chambre de la princesse. Un valet et une femme de chambre, au bout du couloir, étaient en train de plaisanter.

Quand la domestique s'aperçut que la jeune fille était sur le point de frapper à la porte de la princesse, elle l'en empêcha.

— Son Altesse...

Elle mit sa main sur sa tête en faisant une grimace de douleur.

— Oh ! Elle a mal à la tête ?

Le valet eut un signe d'acquiescement.

— Pas déranger.

Rosilda se sentit soulagée. La princesse se reposait tout simplement dans sa chambre. Ce n'était pas elle qu'elle avait vue dehors...

« J'aurais dû m'en douter. Il n'y a absolument aucune raison pour que Marianne, déguisée en femme du peuple, aille se promener seule et à pied. »

Dans une pièce de la chaumière où vivait la vieille Nanny de Johann Brantislav, le fils du général en chef de l'armée karwinienne, un couple s'étreignait désespérément.

— Qu'allons-nous devenir ? demanda Johann avec désespoir. Jamais ton frère n'acceptera notre mariage. Et ce soir, ce bal... Une fois que tes fiançailles avec Wilhelm seront annoncées officiellement, il n'y aura plus rien à faire. Plus rien !

Marianne posa sa joue contre celle du jeune homme. Son ami d'enfance, celui qu'elle aimait depuis toujours et aimerait jusqu'à son dernier souffle.

— J'aimerais mieux mourir plutôt que de devenir sa femme. Mais il y a une solution...

— Laquelle ?

— Partons ensemble. Ce soir ! Si nous attendons, je serai surveillée encore plus que je ne le suis en ce moment.

— Pourquoi ?

— Cet Anglais, lord Dexter, craint que je ne devienne la proie des révolutionnaires. Il ne me quitte pratiquement pas du regard. Et si par hasard il s'absente, Rosilda Harvey prend le relais.

Johann parut inquiet.

— Des révolutionnaires ? Marianne... attention ! Tu es peut-être en danger.

D'une voix blanche, il poursuivit :

— S'il t'arrivait quelque chose, que deviendrais-je ?

La princesse se dégagea des bras de son amoureux et sourit.

— Peuh ! Je ne cours aucun danger. C'est Franz qui s'amuse à répandre des rumeurs pour faire croire aux Anglais que la Karwinie est un État plus important qu'il ne l'est en réalité.

Haussant les épaules, elle poursuivit :

— De toute façon, une femme ne présente guère d'importance dans ce jeu politicien.

— Tu es la princesse de Karwinie.

— La belle affaire ! Dans certains pays, je pourrais monter sur le trône, c'est vrai. Mais comme la Constitution karwinienne l'interdit, qui pourrait me vouloir du mal ? Personne. Mon frère se mariera un jour, il aura des héritiers, et sa succession sera assurée.

— Franz n'est pas encore marié, il n'est même pas fiancé... Il se contente de multiplier les aventures. S'il lui arrivait quoi que ce soit, il est probable que les Sages s'empresseraient de modifier la Constitution et que tu serais nommée princesse régnante.

— Moi ? Ah, merci bien ! Mon seul désir, c'est de devenir ta femme.

Johann demeurait silencieux. Il avait souvent entendu son père dire à mots couverts qu'il se méfiait d'Ernst de Grywde. Ce dernier avait réussi à s'introduire auprès du prince, dont il était désormais le meilleur ami et le conseiller le plus écouté.

— Mais je crains que ses intentions ne soient pas dénuées d'arrière-pensées, terminait toujours le général.

Les doutes envahirent le jeune homme.

— Je me demande si nous avons raison de vouloir être ensemble, murmura-t-il, en enlaçant de nouveau Marianne.

Elle posa un doigt sur ses lèvres.

— Ne dis jamais d'horreurs pareilles ! Nous sommes faits l'un pour l'autre. Et une fois que nous serons mariés, rien ni personne ne pourra nous séparer.

Johann soupira.

— Que faire ?

— Il nous faut deux solides chevaux, un peu de nourriture et autant d'argent que tu pourras en réunir. Sous un prétexte quelconque, je m'éclipserai de la salle de bal et viendrai te rejoindre ici. Tout le monde sera en train de faire la fête, les gens auront probablement un peu trop bu… On ne s'apercevra pas immédiatement de mon absence. Et quand on s'en rendra compte, nous serons de l'autre côté de la frontière.

— Et alors ?

— L'une de mes vieilles gouvernantes vit à Paris. Elle avait été renvoyée par mon frère au sujet d'une broutille et ne le lui a jamais pardonné. Elle le déteste et je sais qu'elle fera tout ce qu'elle peut pour m'aider. Allons à Paris, Johann ! Et ce sera là-bas que l'on célébrera notre mariage !

6

Rosilda passa la journée à se promener dans les pièces de réception du palais.

« C'est un véritable musée », ne cessait-elle de se dire en admirant les tableaux, les statues et le mobilier ancien.

Elle arriva dans une bibliothèque et, ravie de découvrir plusieurs rayonnages d'ouvrages en anglais, se pelotonna dans un confortable fauteuil en cuir avec un splendide album dans lequel se succédaient des gravures en couleur des fleurs de tous les pays du monde.

Elle en feuilletait les pages avec émerveillement quand la voix de lord Dexter la fit sursauter.

— Tiens ! C'est ici que vous vous cachez, Rosilda ?

— Je ne me cache pas ! protesta-t-elle.

— Je vous cherchais partout.

Elle voulut se lever, mais elle s'était si mal installée, en pliant ses jambes sous elle, qu'une crampe l'en empêcha.

— Aïe !

Si lord Dexter ne l'avait pas prise par les épaules pour l'obliger à se rasseoir, elle serait probablement tombée.

— Vous ne vous sentez pas bien ? demanda-t-il avec inquiétude.

Sans la lâcher, il poursuivit :

— Voulez-vous que j'appelle le médecin ? Je sais qu'il y en a toujours un de permanence au palais.

Troublée par la chaleur de ses mains qu'elle sentait à travers la mousseline de sa blouse blanche, elle s'efforça de rire.

— Je vais très bien, milord, assura-t-elle. Mais comme je suis restée trop longtemps sans bouger, j'ai maintenant des fourmis dans les jambes.

Avec gêne, elle ajouta :

— Je n'ai pas l'habitude de perdre mon temps ainsi.

— On ne perd jamais son temps avec un livre.

Il s'empara de l'album qu'elle avait brusquement refermé et son expression d'ordinaire sévère s'adoucit.

— Des fleurs...

— Des fleurs de tous les pays du monde.

— Magnifique... murmura-t-il.

Un sourire lui vint aux lèvres.

— Oh ! Voyez cette orchidée... On ne la trouve que sur une île des mers du Sud.

— Bien loin de la Karwinie et de l'Angleterre !

— Bien loin, en effet. Je rêve de découvrir ces îles merveilleuses, fit-il avec une soudaine passion. De partir à bord de mon yacht vers des horizons inconnus...

Il s'interrompit brusquement. Il avait été sur le point d'ajouter :

Avec une femme. Une femme qui serait tout pour moi.

— Quel rêve, oui ! soupira Rosilda.

Du bout des doigts, elle suivit le dessin de l'orchidée blanche aux pétales piquetés de rouge.

— J'aime les fleurs, murmura-t-elle.

Le sourire d'Andrew disparut, tandis qu'il allait remettre l'album en place.

« Je ne vais tout de même pas tomber amoureux de cette trop jolie blonde ! se dit-il, fâché contre lui-même. J'ai assez à faire sans avoir des problèmes de cœur. Car la princesse n'est pas encore hors de danger. Tant qu'elle ne sera pas mariée, j'ai intérêt à rester sur mes gardes. En ce moment, je ne devrais pas avoir d'autre souci que celui de veiller sur elle. »

Mais un jour, cette mission très spéciale serait terminée. Un jour, il abandonnerait ses fonctions auprès de la reine et du ministre des Affaires étrangères pour se consacrer à son domaine et à de merveilleux voyages.

Quelle jeune fille accepterait d'aller vivre dans un austère château des Cornouailles, si loin des lumières de Londres ? Quelle jeune fille aurait envie de partir à bord d'un bateau, de passer des journées en mer et de débarquer sur des rivages lointains où il n'y aurait ni boutiques de mode ni restaurants élégants ?

Par ailleurs, il ne se faisait guère d'illusions. Même s'il remettait sa démission à la reine et au ministre des Affaires étrangères, ceux-ci n'accepteraient probablement pas de se séparer pour toujours d'un conseiller doublé d'un chargé de mission qu'ils appréciaient énormément. D'un jour à l'autre, il risquait d'être envoyé au bout du monde pour tenter de résoudre une crise politique majeure.

— L'heure passe, fit-il d'un ton sec. Vous devriez aller vous préparer pour la soirée.

En entendant cela, le cœur de Rosilda devint très lourd.

« Comme ma présence lui pèse ! Et il n'en fait pas mystère, bien au contraire. »

Elle avait été sur le point de lui dire qu'elle aussi aimerait partir à bord d'un yacht pour découvrir ces îles enchantées des mers du Sud !

« J'ai bien fait de me taire. Un tel aveu aurait été sûrement fort mal reçu ! »

D'autant plus que ce n'était jamais à une femme de faire les premiers pas.

« Il m'aurait très mal jugée... » pensa encore la jeune fille.

— À tout à l'heure, fit lord Dexter.

Un instant plus tard, il avait disparu.

La jeune fille quitta à son tour la bibliothèque. Perdue dans des pensées qui n'avaient rien de rose, elle se trompa d'étage et se trouva devant la porte de la princesse. Celle-ci était entrouverte. Sans réfléchir, elle frappa et entra.

Marianne, coiffée d'un diadème en diamants, avait déjà revêtu une superbe robe de soie ivoire ornée de dentelle et de petits nœuds de velours émeraude. Elle se tenait à l'autre bout de la pièce, où elle remettait d'aplomb une grande tapisserie ancienne.

Elle se retourna brusquement en entendant le bruit des pas de Rosilda.

— Oh, c'est vous ? Vous m'avez fait peur.

Tout en jouant avec son collier d'opales, elle poursuivit :

— Il est déjà tard, vous n'êtes pas encore prête ?

— Je vais aller m'habiller. Vous êtes très belle ainsi vêtue, Marianne.

— Merci.

— Vous avez l'air d'une vraie princesse.

Marianne laissa échapper un rire sans joie.

— Pas possible ! Merci...

— Je n'ai jamais vu une aussi jolie robe.

— Merci, répéta Marianne avec agacement.

Rosilda frissonna.

— Il ne fait pas chaud ici. Un courant d'air vient de je ne sais où... Ne prenez pas froid, surtout.

La princesse alla fermer la fenêtre.

— Voilà !

Mue par une soudaine impulsion, elle ôta son collier et le tendit à Rosilda.

— Prenez-le, je vous le donne. Il ira beaucoup mieux avec la robe jaune pâle que je vous ai donnée qu'avec celle-ci.

— Je ne peux pas accepter un pareil présent ! s'exclama la jeune fille. Ce collier doit valoir une fortune !

— Bah ! Et alors ? Je peux bien vous offrir un petit cadeau en guise de remerciement pour avoir supporté ma mauvaise humeur pendant toute la durée du voyage.

Rosilda en demeura sans voix. Cela ne ressemblait guère à la capricieuse princesse de Karwinie de parler ainsi !

Marianne ouvrit un coffret à bijoux.

— Moi, je mettrai plutôt cela.

Et, avec détermination, elle fixa à son cou un seul rang de perles.

Le regard de Rosilda alla du splendide collier d'opales à ces simples perles que l'on aurait plutôt vues au cou d'une petite fille ou d'une adolescente.

— Mais...

— Oh, Rosilda, cessez de protester à propos de tout et de rien ! Ces perles sont un présent de... de mon fiancé.

Cela surprit la jeune fille. Elle avait appris que le duc de Szentheliev était immensément riche et s'étonnait qu'il n'ait pas offert à celle qu'il allait épouser un joyau plus somptueux.

Marianne paraissait soudain au bord des larmes. Émue, Rosilda alla l'embrasser.

— J'espère que vous serez heureuse.

— Je l'espère aussi, fit la princesse, les dents serrées.

Gentiment, elle poussa Rosilda vers la porte.

— Allez... allez vite vous préparer, insista-t-elle d'une voix tremblante.

Une coupe de champagne à la main, lord Dexter, la taille bien prise dans son habit à la coupe parfaite, se tenait à l'entrée de la salle de bal du palais.

Les musiciens de l'orchestre, en uniforme fantaisie rouge et bleu roi, jouaient une valse viennoise.

Décorations, habits noirs et plastrons blancs, bijoux, robes de toutes les couleurs de l'arc-en-ciel... Sous les lustres étincelants, les danseurs tournoyaient, reflétés par les hautes glaces ornées de rubans dorés savamment noués et de fleurs roses.

De son poste d'observation, Andrew pouvait voir la salle de bal, le vaste salon voisin ainsi que celui où était disposé un somptueux buffet.

Il chercha le prince des yeux et l'aperçut. Debout dans l'embrasure d'une fenêtre, Son Altesse s'entretenait avec le duc de Szentheliev. Marianne, en soie ivoire agrémentée de petits rubans verts, dansait avec un militaire aux moustaches grises et paraissait s'ennuyer prodigieusement.

En entendant des murmures admiratifs, Andrew se retourna et retint sa respiration en voyant Rosilda apparaître. Elle portait une robe en mousseline d'un jaune très pâle et un collier d'opale de toute beauté. Quelques-unes de ses mèches d'or pâle étaient relevées sur le sommet de sa tête. Les autres cascadaient sur ses épaules nues.

« Dieu, qu'elle est belle ! »

Quand il s'avança vers elle, la jeune fille se sentit soulagée. Submergée de timidité, elle avait bien failli ne pas descendre. Il lui avait fallu faire appel à tout son courage pour surmonter sa timidité et pénétrer dans les salons – elle qui n'était jamais allée au bal de sa vie.

— Vous êtes superbe, Rosilda !

— Merci.

— Vous avez l'air d'une princesse...

— C'est ce que j'ai dit tout à l'heure à Marianne. Ne vous moquez pas de moi, s'il vous plaît. La vraie princesse est bien plus jolie, bien plus élégante…

« Pour moi, vous seule comptez », faillit lui dire Andrew.

Il lui prit la main.

— Puis-je avoir cette danse ?

Rosilda crut monter au septième ciel quand il l'enlaça et l'entraîna au rythme de la musique sur le parquet ciré, aussi brillant qu'un miroir.

Leurs pas s'accordaient à merveille, un peu comme s'ils avaient valsé ensemble toute leur vie. La jeune fille ne prêtait aucune attention à ceux qui les entouraient. En cet instant, elle était seule au monde avec celui qu'elle aimait.

La musique s'interrompit, mais ils restèrent dans les bras l'un de l'autre. La jeune fille ferma les yeux. Elle aurait voulu que cet instant dure éternellement.

La voix du prince la ramena à l'instant présent.

— Mademoiselle Harvey ! Rosilda… Ah, vous êtes bien belle ce soir !

Dans un uniforme bleu foncé souligné de galons dorés, une multitude de médailles épinglées en brochette sur sa poitrine, Franz de Karwinie venait de les rejoindre.

Lord Dexter fut bien obligé de lâcher la jeune fille. Et Rosilda eut l'impression désagréable d'un retour sur terre, après ce bref voyage sur un nuage.

Le prince la saisit par le bras. Comment lord Dexter aurait-il pu protester quand le chef d'État se manifestait ? Il fut bien obligé de reculer d'un pas.

— Dansons, fit le prince avec autorité. Ils vont jouer une autre valse et je promets de ne pas trop marcher sur vos délicieux petits pieds.

À ce moment-là, il parut se souvenir de la présence de lord Dexter.

— Vous n'y voyez pas d'inconvénient, Dexter ?

Sans attendre la réponse, il entraîna à son tour la jeune fille sur le parquet ciré.

Andrew les suivit des yeux tandis que le prince serrait Rosilda contre lui plus que la décence ne l'autorisait.

— Ils forment un joli couple, vous ne trouvez pas ? fit la grande-duchesse, qui venait de le rejoindre.

Elle portait une robe en satin rouge vif avec un collier de rubis qui, au lieu de le cacher, ne faisait qu'attirer l'attention sur son profond décolleté.

— Qui ? demanda-t-il, feignant de ne pas comprendre.

— La princesse et votre jeune amie anglaise, voyons ! Elle est d'une candeur désarmante... En même temps, elle sait jouer de ses charmes. Voyez comme elle bat des cils ! Pour flirter, elle s'y entend mieux que moi.

En pouffant, elle ajouta :

— Et c'est un compliment !

Comme lord Dexter restait silencieux, elle leva les yeux vers lui et fit mine d'être confuse.

— Ô mon Dieu ! Je vous ai choqué ? J'en ai encore trop dit, comme d'habitude. Mais je crois qu'il faut faire entendre raison aux petites jeunes filles qui rêvent de destins bien au-dessus de leur condition. Si, dans sa naïveté, Mlle Harvey s'imagine qu'elle peut devenir princesse de Karwinie, elle va au-devant d'une grosse déconvenue.

Pour l'instant, Rosilda était en effet très déçue. Il lui semblait que la salle tournait autour d'elle dans un kaléidoscope de couleurs, de bruit et de lumières. Sa migraine était soudain revenue et elle avait hâte que les musiciens cessent de jouer. Car elle était bien loin de ressentir l'impression de flotter sur un nuage qu'elle avait éprouvée en dansant dans les bras de lord Dexter !

Le prince chuchota quelque chose dans son oreille. Elle ne parvint pas à comprendre et, supposant qu'il lui demandait si elle appréciait ce bal, elle répondit :

— Oui, beaucoup, Altesse.

En entendant cela, il resserra son étreinte. La jeune fille sentit son haleine dans son cou. Une haleine qui sentait l'alcool et le tabac. Et comme elle trouvait déplaisant le contact de ses mains moites sur sa taille, à travers la mousseline de la robe... Si elle s'était écoutée, elle l'aurait repoussé. Mais pouvait-on se permettre de traiter de la sorte le souverain de Karwinie ?

L'orchestre se tut enfin. Mais le prince ne la lâcha pas.

— Jolie Rosilda, j'ai demandé que l'on me serve un léger souper dans ma suite. J'espère que vous me ferez l'honneur d'être mon invitée.

La jeune fille se mordit la lèvre presque au sang. Que dire ? Que faire ? Si elle refusait de l'accompagner, ce serait une insulte... On ne disait pas « non » au prince régnant. Mais si elle acceptait... comment cette soirée se terminerait-elle ?

Grâce au ciel, lord Dexter intervint.

— Excusez-moi, Altesse, puis-je vous emprunter Mlle Harvey pendant cinq minutes ? J'ai quelque chose d'urgent à lui dire.

Soulagée, Rosilda se tourna vers lui en souriant. Sa gaieté disparut quand elle vit son visage sévère.

— Certainement, Dexter, fit le prince.

Il porta la main de la jeune fille à ses lèvres.

— À tout à l'heure, ma jolie Rosilda, murmura-t-il d'un ton pénétré.

Andrew la prit par le coude et l'entraîna vers la terrasse éclairée par les flammes mouvantes des flambeaux disposés à intervalles réguliers. Heureuse d'avoir réussi à échapper au prince – pour le moment du moins –, Rosilda respira à pleins poumons l'air frais venu des montagnes.

Lord Dexter la lâcha et la toisa, les bras croisés.

— Mademoiselle, vous êtes toujours mon employée et je me sens obligé de vous avertir des problèmes auxquels vous risquez d'être confrontée en flirtant avec le prince de Kalwinie.

La jeune fille laissa échapper une brève exclamation. Comment osait-il lui parler sur ce ton ?

— Flirter ? Je vous assure, milord, que c'est aussi loin de ma pensée que de mes intentions.

Andrew résista à l'envie de la prendre par les épaules pour la secouer sans douceur... avant de l'embrasser. Au lieu de cela, il déclara d'un ton pontifiant :

— Mademoiselle, tout le monde a vu comment vous dansiez avec le prince. Vous ne tenez peut-être pas beaucoup à votre réputation, mais je peux vous dire qu'après un dîner en tête à tête avec un pareil don Juan, il n'en restera pas grand-chose.

S'efforçant de lutter contre ses larmes, Rosilda fit un pas en arrière. C'était déjà désolant de penser que le prince la prenait pour une femme facile. Mais que lord Dexter puisse la juger mal, cela lui faisait tant de peine que soudain, elle pouvait à peine respirer.

— Si vous croyez qu'une liaison avec lui se terminera en mariage, poursuivit-il, vous...

— Taisez-vous ! s'écria-t-elle, partagée entre le désespoir et la colère.

La passion qu'Andrew s'efforçait de contrôler depuis quelques jours eut soudain raison de lui.

— Me taire ? Certainement pas. Tant que vous êtes en Karwinie, vous vous trouvez sous ma responsabilité et...

— Vous m'avez fait comprendre plusieurs fois qu'une telle responsabilité vous pesait et que vous aimeriez bien m'expédier au diable.

— Pour votre bien, oui.

— Puisque vous rêvez tant d'être débarrassé de moi, vous devriez être content de voir que le prince m'accorde un peu d'attention. Au moins, cela vous décharge d'une responsabilité.

Il sursauta.

— Un peu d'attention ! Ah, par exemple ! Vous pensez que cela se limite à cela ? Rosilda, vous êtes donc si naïve ?

Incapable de se contenir davantage, il l'enlaça et l'embrassa passionnément. Les yeux clos, seulement consciente de la chaleur de ses lèvres, Rosilda se laissa aller contre sa solide poitrine, tandis que leurs cœurs battaient à l'unisson.

Andrew la lâcha. Dans la semi-obscurité, son expression demeurait indéchiffrable.

Troublée à un point indescriptible, la jeune fille posa un doigt tremblant sur ses lèvres. Elle pouvait à peine respirer et aurait été incapable de prononcer un seul mot.

— Dexter ! Dexter !

— Andrew !

Le prince Franz arrivait sur la terrasse en courant, suivi par la grande-duchesse Liz et Ernst de Grywde.

— Il est là ! cria la grande-duchesse.

— Dieu soit loué ! s'exclama le prince.

— Que se passe-t-il ? s'étonna lord Dexter.

Le prince paraissait hors de lui.

— Nous ne trouvons plus ma sœur !

— La princesse a disparu, renchérit la grande-duchesse.

Elle tapota le bras du prince.

— Du calme, du calme… Marianne, fatiguée par le bruit, a dû aller se reposer.

— Mais elle n'est pas dans sa chambre !

— Et alors ? Cela ne prouve rien. Elle doit être tranquillement assise dans un salon quelconque.

— C'est mon avis, dit Ernst de Grywde. Vous vous affolez sans raison, Franz. Vous savez pourtant que votre sœur est une jeune personne fort capricieuse. Qui sait à quel jeu elle joue en ce moment ! Elle souhaite peut-être taquiner son fiancé…

— Probablement, dit la grande-duchesse. Inutile de faire un drame à propos de rien.

— Je suis sûr que la princesse, une fois qu'elle se sera lassée de nous avoir joué ce qu'elle considère vraisemblablement comme un bon tour, daignera faire sa réapparition dans cinq ou dix minutes.

Ignorant Ernst de Grwyde tout comme la grande-duchesse, lord Dexter s'adressa directement au prince.

— Pourquoi êtes-vous aussi inquiet ?

Le prince se mit à marcher de long en large.

— Parce que je connais ma sœur ! Elle ne ferait rien pour compromettre les célébrations prévues pour la soirée. Elle n'ignore pas combien ce mariage est important pour la Karwinie. Depuis toujours, elle sait qu'elle est destinée au duc de Szentheliev.

— Et si elle ne souhaitait pas l'épouser ? interrogea Rosilda.

Mais elle avait parlé tellement bas que personne ne l'entendit, à part lord Dexter, qui lui adressa un coup d'œil pénétrant mais ne fit pas de commentaire.

Le prince leva les bras au ciel.

— Mon Dieu ! Szentheliev n'a pas le plus facile des caractères. S'il se rend compte qu'elle ne le traite pas avec tous les égards qui, imagine-t-il, lui sont dus, il est tout à fait capable de rompre ces fiançailles. Ce serait catastrophique !

Il jura, tout en tapant du pied.

— Il faut la trouver ! Avec l'aide de quelques domestiques sûrs, nous allons quadriller le palais des caves au grenier. Vous venez, Dexter ?

— Naturellement. Accompagnez-nous, Rosilda.

— Bien, fit seulement la jeune fille.

Devait-elle dire que, ce matin même, elle avait cru voir Marianne quitter le palais vêtue comme une paysanne ? Elle se mordit la lèvre inférieure avec angoisse. Elle aurait juré, maintenant, que c'était bien Marianne qui escaladait les remparts.

« Elle a un secret... Faut-il que j'en parle ? »

L'atmosphère était déjà suffisamment houleuse pour le moment. Aussi jugea-t-elle plus sage de ne pas révéler cette information – tout au moins pour le moment.

Pendant que le prince et ses deux compagnons retournèrent dans la salle de bal, Andrew se tourna vers la jeune fille. Il aurait voulu lui présenter des excuses pour son comportement... mais l'instant était plutôt mal choisi.

— Rosilda... commença-t-il cependant.

Elle soutint son regard.

— Je vais chercher Marianne. Ne vous faites plus de souci pour ma conduite, milord. Je quitterai le palais demain matin. Que la route soit dégagée ou pas !

Sur ces mots, elle lui tourna le dos et regagna à son tour la salle de bal, où elle ne s'attarda pas.

Jamais elle ne s'était sentie aussi angoissée de sa vie. Tout d'abord, elle s'inquiétait pour Marianne. Et ensuite, elle était si triste à la pensée que lord Dexter la considérait comme une femme cupide, prête à tout pour attirer un homme riche et important dans ses filets !

« Je ne suis pas assez stupide pour jeter mon dévolu sur un prince ! D'ailleurs, jamais celui-ci ne voudrait épouser quelqu'un d'aussi insignifiant que moi. Lord Dexter perd la tête... Pourquoi a-t-il des réactions aussi ridicules ? »

Pourquoi, aussi, l'avait-il embrassée avec cette colère passionnée ?

Elle gravit l'escalier et arriva dans la chambre de Marianne, espérant un miracle. Hélas, non, la princesse ne se trouvait pas là, d'ailleurs d'autres l'avaient déjà vérifié…

Par acquit de conscience, elle alla cependant ouvrir les placards, espérant trouver… quoi donc ? Elle n'en avait aucune idée.

Mue par une soudaine inspiration, elle regarda sous le lit et laissa échapper une exclamation de stupeur en ramenant une robe en soie ivoire ornée de dentelle et de petits nœuds de velours émeraude. La robe de bal de la princesse !

— Mon Dieu ! fit-elle à mi-voix, soudain très pâle. Elle s'est enfuie. Mais où ? Comment ? Oh, Marianne…

Elle fronça les sourcils en regardant autour d'elle, cherchant un indice quelconque. À ce moment-là, un courant d'air souleva le bas de sa propre robe. Pourtant, les fenêtres étaient closes… Le courant d'air semblait venir de sous cette tapisserie ancienne, celle que Marianne était en train de remettre d'aplomb un peu plus tôt.

« Bizarre… » pensa-t-elle.

Elle alla la soulever et comprit tout. Cette tapisserie cachait un passage secret dont la princesse ne s'était même pas donné la peine de fermer l'accès.

« Voilà comment elle s'échappait du palais à sa guise… et en cachette ! »

Pour avoir laissé la porte ouverte, Marianne ne devait avoir aucune intention de revenir.

« Ce mariage avec le duc de Szentheliev lui pesait donc à ce point ? »

Rosilda ne voyait pas d'autre raison.

« À moins qu'elle ne soit amoureuse d'un autre ? Mais de qui ? Je n'ai jamais rien remarqué… »

Elle secoua la tête.

« Mon Dieu ! Comment a-t-elle pu se conduire d'une manière aussi inconséquente ? »

Mais cela ne l'étonnait qu'à moitié. Elle avait eu l'occasion, au pensionnat des Cinq-Chênes, de s'apercevoir que rien ni personne ne pouvait arrêter cette obstinée de Marianne. Une fois que cette dernière avait pris une décision, elle fonçait tête baissée, sans se préoccuper des conséquences de ses actes.

« Pourquoi s'est-elle sauvée ? Elle sait pourtant que la stabilité de son pays dépend de son mariage avec le duc de Szentheliev. Cela ne compte donc pas pour elle ? »

Sans réfléchir, elle descendit les marches humides de cet étroit escalier en colimaçon. Plus elle avançait, plus il devenait sombre…

« Pourquoi s'est-elle sauvée ? » se redemanda-t-elle.

Il n'y avait qu'une seule réponse à cette question. L'amour. Oui, c'était par amour que la princesse avait pris la fuite.

« Pauvre Marianne ! Elle devait être bien malheureuse… Et pourtant, elle possédait suffisamment de force de caractère pour donner le change. Son frère va être furieux quand il comprendra qu'elle est partie. Et quelle sera la réaction du duc de Szentheliev ? Il est capable de rompre toutes relations avec la Karwinie. »

Le prince allait également en vouloir à lord Dexter. N'était-il pas chargé de surveiller la princesse ?

« Tout au moins pendant le voyage. Une fois qu'elle était arrivée saine et sauve au palais, ses responsabilités avaient été transmises aux gardes du corps. »

Elle arriva dehors, non loin des remparts. Si les journées étaient chaudes en Karwinie, les nuits étaient fraîches. Et ce soir, le vent soufflait en tempête. Elle frissonna.

« J'aurais pu penser à prendre au moins une cape, songea-t-elle. Et des chaussures plus pratiques que ces escarpins en satin ! »

Comme l'avait fait Marianne dans la matinée, elle escalada les remparts.

Elle s'arrêta en haut d'un muret à demi écroulé. Et l'inanité de son expédition lui apparut. Fâchée d'avoir suivi son intuition, elle se dit qu'elle aurait agi beaucoup plus intelligemment si elle avait couru apprendre à lord Dexter que Marianne s'était enfuie par un passage secret – probablement pour rejoindre celui qu'elle aimait et s'enfuir avec lui.

« Andrew, lui, aurait pris tout de suite les dispositions qui s'imposaient. Tandis que moi, en robe de bal et seule dans la nuit, que puis-je faire ? Rien. »

Elle s'apprêtait à rebrousser chemin quand elle aperçut une silhouette recroquevillée au bord de la route. Elle eut l'impression que son cœur s'arrêtait de battre.

Était-ce Marianne ? Il y avait donc encore un peu d'espoir ?

« Il faut que j'arrive à la persuader de regagner le palais, pensa Rosilda tout en courant vers la forme sombre ramassée sur elle-même. Il suffira alors de prétendre qu'elle a été souffrante… et le scandale sera évité. »

Si la princesse ne voulait pas épouser le duc de Szentheliev parce qu'elle en aimait un autre, Rosilda était sûre que lord Dexter trouverait un moyen pour arranger les choses.

Un éclair illumina les sommets enneigés, puis un long coup de tonnerre roula. La tourmente qui avait menacé toute la journée était près d'éclater.

Hélas non, ce n'était pas Marianne qui était couchée en chien de fusil dans l'herbe du bas-côté, mais un homme au visage ensanglanté qui ne cessait de gémir.

Oubliant qu'elle était peut-être elle aussi en danger, Rosilda se pencha vers lui.

— Que vous est-il arrivé ? lui demanda-t-elle.

Il porta la main à son front et gémit de nouveau.

— Marianne...

Rosilda retint sa respiration.

— Vous connaissez la princesse ?

— Oui...

— Qui êtes-vous ?

Quelques grosses gouttes s'écrasèrent sur le sol, puis ce fut une véritable trombe d'eau qui s'abattit sur eux. La pluie lava le sang qui coulait de la blessure du jeune homme et, à sa grande stupeur, Rosilda reconnut le passager retardataire qui avait sauté sur la passerelle du ferry à Douvres.

— Qui êtes-vous ? redemanda-t-elle.

— Johann Brantislav. Et... Marianne ?

— Oui, la princesse ! Où est-elle ? Que s'est-il passé ?

— Ils l'ont enlevée...

— Oh, non !

Elle faillit le secouer.

— Qui ?

— Deux hommes masqués.

— Que faisiez-vous dehors avec elle ?

— Nous... nous nous sauvions... Nous nous aimons, nous allions à Paris pour nous marier. Oh, Marianne ! Ma Marianne... Il faut que je la retrouve, que je la sauve, que...

Il tenta de se relever mais retomba.

— Ils m'ont battu... et puis ils sont partis avec Marianne qui criait... C'était horrible !

— Cela s'est passé il y a combien de temps ?

— À l'instant.

Rosilda regarda autour d'elle. Retourner au palais pour demander de l'aide ?

Non. Chaque minute comptait. Il lui fallait suivre les kidnappeurs et trouver leur repaire.

— De quel côté sont-ils partis ?

Johann désigna un sentier qui montait en serpentant vers les montagnes.

— Ils n'ont que des mules, ils ne peuvent pas aller très vite. J'ai deux bons chevaux... Ils sont attachés par là, derrière cette petite maison. S'il vous plaît, aidez-moi à me lever, il faut que je sauve Marianne !

La jeune fille secoua la tête.

— Vous êtes trop faible. Écoutez, je vais les suivre. De votre côté, traînez-vous comme vous le pourrez jusqu'au palais. Demandez lord Dexter et racontez-lui tout. Ayez confiance en lui : il saura quoi faire.

Elle alla derrière la maison que lui avait montrée Johann Brantislav et trouva en effet deux solides chevaux de chasse. Le plus petit avait une selle d'amazone. Sans hésiter, elle le détacha, le monta et partit en direction du sentier.

« Mon Dieu, aidez-moi... » supplia-t-elle intérieurement.

Une larme coula sur sa joue, se mêlant à la pluie qui ne cessait de tomber.

« Andrew, je vous aime... Si quelqu'un peut venir à mon secours – à notre secours, à Marianne et à moi, c'est vous. Seulement vous... »

7

Lord Dexter sortit dans la cour d'honneur du palais et contempla les dizaines, peut-être les centaines de fenêtres illuminées.

— Autant chercher une aiguille dans une botte de foin, grommela-t-il en dénouant sa cravate.

Où la princesse pouvait-elle s'être cachée ? Et pourquoi avait-elle agi ainsi ?

— Ridicule ! jeta-t-il avec colère.

Et incompréhensible, surtout…

La tempête qui avait menacé toute la journée éclatait enfin. Un grand vent que, localement, on appelait le *Grouffle* soufflait en force. Des éclairs sillonnaient le ciel et le tonnerre grondait, tandis que la pluie tombait en trombes.

Après avoir parcouru le palais en tous sens, Andrew était retourné dans la chambre de Marianne. Une domestique avait voulu l'en empêcher.

— Son Altesse n'est pas là !

— Je le sais bien.

Écartant la femme de chambre, il était quand même entré. Et, tout comme Rosilda, il avait découvert la robe de bal sous le lit ainsi que la porte cachée sous la tapisserie.

« Pourquoi cette servante a-t-elle tenté de m'interdire l'accès à cette pièce ? » s'était-il demandé avec étonnement.

Il se méfiait de tout et de tout le monde. Et si cette femme était de mèche avec Ernst de Grywde ? Si la princesse avait été enlevée ? Si...

Sans se soucier de la pluie qui détrempait ses vêtements, il rejeta ses cheveux dégoulinants d'eau en arrière, du geste machinal qui lui était coutumier.

Un chambellan avait dû annoncer que la princesse Marianne, en proie à un malaise, était allée se reposer. Mais très vite, les rumeurs les plus folles avaient circulé parmi la foule.

Comment garder secrète la nouvelle de la disparition de la princesse ?

Comme lord Dexter le craignait, le duc de Szentheliev en avait déduit que celle qui n'avait pas encore été proclamée officiellement sa fiancée se cachait délibérément.

Se jugeant offensé, il avait quitté le palais en jurant qu'il n'y remettrait jamais les pieds.

Quant au prince, persuadé que sa sœur se livrait à un stupide petit jeu, il était lui aussi furieux. Au lieu d'aider aux recherches, il s'était enfermé dans sa suite et refusait puérilement de retourner au bal.

Les musiciens avaient cessé de jouer. En l'absence de leurs hôtes, les invités partaient les uns après les autres... Bref, la confusion était totale.

Lord Dexter regarda autour de lui, les sourcils froncés.

« Je dois être le seul à penser que jamais la princesse ne se serait cachée pour embarrasser son frère. Elle est incapable de se livrer à un jeu aussi bête. »

De nouveau, il rejeta ses cheveux en arrière.

« Elle est peut-être fort capricieuse, mais je la crois également très intelligente... et très têtue. Ou bien quelque chose m'échappe. Ou bien elle est aux mains des ennemis de son frère. »

Il fit le tour du palais et, toujours sous la pluie battante, arriva dans le parc.

« Et si Rosilda l'avait trouvée ? C'est, elle aussi, une jeune personne intelligente et déterminée. Elle a peut-être deviné ce qui s'est passé et a su aller là où il fallait ? »

Il s'efforça d'oublier les mots blessants qu'il avait échangés avec la jeune fille, quelques instants avant que l'on ne vienne leur annoncer la disparition de Marianne.

Et ce baiser furieux et passionné…

La confusion l'envahit. Que devait-elle penser de lui, maintenant ?

« Je suis étonné qu'elle ne m'ait pas giflé. Je l'aurais bien mérité ! »

L'espace d'un instant, il ferma les yeux en se remémorant la douceur des lèvres de Rosilda contre les siennes.

Mais le moment était bien mal choisi pour penser à cela ! Il s'était comporté comme une brute envers la femme qu'il aimait. Jamais il ne se le pardonnerait. Et jamais, probablement, elle ne le lui pardonnerait…

Il s'apprêtait à regagner le palais quand un gémissement attira son attention. Il se retourna et vit un jeune homme se diriger vers lui en titubant sous l'averse. Avait-il trop bu ? Était-il souffrant ? Sans prendre le temps de réfléchir, Andrew courut à son secours. Il arriva juste à temps. S'il ne l'avait pas saisi à bras-le-corps, le jeune homme se serait effondré.

Voyant le sang qui coulait sur son front, lord Dexter laissa échapper une brève exclamation.

— Vous êtes blessé ?

— Oui… Ce… ce n'est rien. Ils m'ont battu.

— Qui ?

Andrew l'examina avec plus d'attention dans la lueur d'un flambeau que la pluie n'avait pas encore réussi à éteindre.

— Mais je vous connais ! s'exclama-t-il, tout en lui épongeant le front. Vous êtes le fils du général Brantislav, n'est-ce pas ?

— C'est... c'est cela. Johann Brantislav.

— Que vous est-il donc arrivé ?

S'étonnant de le voir en tenue de voyage, lord Dexter s'étonna.

— Vous n'étiez pas au bal...

Johann laissa échapper un rire sans joie. Puis une angoisse sans nom assombrit son regard.

— Marianne...

En une fraction de seconde, Andrew comprit tout.

Il avait entendu quelques commérages dans les couloirs du palais. Certains domestiques prétendaient que la princesse était amoureuse de Johann Brantislav, son ami d'enfance. Il n'avait prêté aucune attention à ces ragots... Et il se rendait brusquement compte qu'il avait eu bien tort !

— Où est la princesse ?

— Ils l'ont enlevée. Nous... nous partions à l'étranger. Nous devions nous marier à Paris.

— Seigneur !

Johann baissa la tête d'un air épuisé.

— Je sais que... que nous avions tort. Mais nous nous aimons tant !

Il laissa échapper un sanglot désespéré.

— Quelqu'un a dû nous trahir. Car au moment où nous nous dirigions vers l'endroit où j'avais attaché deux chevaux, ils ont bondi sur nous.

— Qui ?

— Je ne sais pas.

— Combien étaient-ils ?

— Deux. Ils m'ont donné des coups de gourdin sur la tête, puis me laissant pour mort, ils ont emmené Marianne…

— Ô mon Dieu ! Où sont-ils, maintenant ? Comment les retrouver ?

— La jeune fille les a suivis.

— Quelle jeune fille ?

— L'Anglaise…

— Quoi ?

Andrew secoua violemment le jeune homme.

— Que dites-vous ? Quelle jeune fille ? redemanda-t-il, soudain ravagé d'anxiété.

Pourquoi posait-il cette question ? Comme si, à l'exception de Rosilda, il y avait d'autres Anglaises en Karwinie !

— La jolie blonde qui vous a accompagnés, vous et Marianne, pendant toute la durée du voyage.

— Rosilda !

— Elle a pris le… le cheval que devait monter Marianne pour se lancer aux trousses des ravisseurs.

Lord Dexter leva les yeux vers le ciel. La pluie tombait sans discontinuer. Il était déjà trempé jusqu'aux os. Que dire de Rosilda qui ne portait qu'une robe du soir en légère mousseline jaune pâle ! Cette robe dans laquelle elle paraissait si jolie sous les lustres de la salle de bal…

Quoi ? Sa bien-aimée s'était lancée à la poursuite de dangereux bandits ? Alors que la tempête faisait rage ?

Le désespoir le submergea.

« S'il lui arrive quoi que ce soit… je ne lui survivrai pas. »

La pluie avait enfin cessé. Mais le *Grouffle* soufflait toujours, et il faisait horriblement froid.

Rosilda avait découvert, roulée au-dessus du sac de selle, une couverture qu'elle avait mise sur sa tête et ses épaules en guise de capuchon. Cela la protégeait un peu... Très peu !

Le sentier s'était transformé en un torrent qui charriait des pierres. Elles roulaient sous les sabots du cheval, manquant de le faire trébucher à chaque pas.

Agrippée à la crinière, la jeune fille s'efforçait désespérément de rester en selle. Ses mains étaient glacées et elle tremblait de tous ses membres. Si elle s'était écoutée, elle aurait fait demi-tour pour regagner le palais... Ce serait si bon de se retrouver au chaud et au sec !

Mais si elle ne parvenait pas à localiser l'endroit où les ravisseurs avaient emmené Marianne, cette dernière était perdue. Et comment pourrait-elle faire face à lord Dexter et lui avouer qu'elle avait abandonné sa poursuite ?

« *Lui* n'aurait pas cédé au découragement », se dit-elle.

Cette pensée la galvanisa et elle se jura d'aller jusqu'au bout.

Son cheval s'arrêta, visiblement épuisé. Elle le caressa.

— Courage ! Je sais, c'est dur... Et tout autant pour toi que pour moi.

Ils repartirent sur ce sentier rocailleux. Et soudain, à peu de distance, la jeune fille vit une lumière vaciller, trouant l'obscurité. Quelqu'un avait fait halte et allumé une lanterne.

« Cela ne peut être qu'eux... Qui d'autre aurait l'idée de se promener en pleine nuit, et par un temps pareil ? Comme ils sont loin de penser que quelqu'un est sur leurs traces, ils se sont arrêtés pour que leurs mules puissent se reposer un peu. »

Rosilda était sûre que Johann avait réussi à prévenir lord Dexter. Elle avait en ce dernier une confiance absolue. Une fois qu'il saurait de quel côté diriger ses recherches, il viendrait à son secours, elle en était persuadée.

« Ou, plutôt, il viendra au secours de la princesse », se dit-elle avec amertume.

Que devait-elle faire en attendant ? De nouveau, la tentation de regagner le palais s'empara d'elle. Elle la repoussa.

« Il faut que je trouve le moyen de les retarder. »

Rassemblant tout son courage, la jeune fille se laissa glisser en bas de la selle. Trempée jusqu'aux os, elle grelottait.

Elle attacha son cheval derrière un épais buisson avant de poursuivre sa route à pied, en resserrant autour d'elle la couverture humide.

L'eau avait cessé de dévaler sur le sentier, ce qui lui permettait de marcher relativement vite, en dépit de son épuisement. Couverte de boue, sa robe en mousseline jaune pâle – la plus jolie qu'elle ait jamais eue de sa vie – était devenue presque noire.

« Je serai moins visible, se dit-elle. La nuit, tous les chats sont gris… »

Elle redoubla de précautions en arrivant à proximité du campement provisoire éclairé par une lanterne. Cachée derrière un gros rocher, elle put observer deux hommes. Ils avaient réussi à allumer un grand feu et plaisantaient en se passant une bouteille d'alcool qu'ils buvaient au goulot.

Mais où était Marianne ?

Trois mules étaient attachées à une dizaine de mètres de là. Et tout près d'elles, les mains liées dans le dos, la princesse était assise dans la boue.

Rosilda se sentit envahie de fierté.

« Je l'ai trouvée ! »

Elle déchanta vite. Certes, Marianne était toujours vivante, et ses ravisseurs étaient loin de se douter qu'ils avaient été suivis. Mais la situation n'était pas rose pour autant.

« Ce n'est pas parce que j'ai réussi à localiser Marianne que celle-ci est sauvée. Que faire ? se demanda la jeune fille, tandis que toute l'angoisse qui l'avait accompagnée pendant sa folle équipée revenait l'assaillir. Comment empêcher ces hommes de l'emmener plus loin ? »

Pour cela, il faudrait les priver de leur moyen de transport.

« Je pourrais détacher les mules et les pousser en direction du sentier pour qu'elles s'enfuient. »

Mais les mules étaient des animaux bruyants – elle avait eu l'occasion de s'en rendre compte pendant la dernière journée de leur voyage jusqu'en Karwinie. Si elle les libérait, elles étaient capables de se mettre à braire, ce qui attirerait forcément l'attention de leurs maîtres. Par ailleurs, elles n'iraient probablement pas très loin dans le noir. Et les kidnappeurs, furieux, risquaient de se venger en les maltraitant, Marianne et elle. S'ils les tenaient toutes deux à leur merci, ils étaient capables du pire…

Sa peur décupla.

« Que faire ? » se redemanda-t-elle.

Et soudain, elle le sut. Elle n'avait qu'à prendre la place de Marianne !

« Moi, je ne compte pas. C'est la princesse qu'il faut sauver à tout prix. »

Que se passerait-il quand les bandits découvriraient le subterfuge ? Ce qui ne tarderait certainement pas… En effet, comment confondre une blonde et une brune ?

S'efforçant de ne pas penser à ce qui pouvait advenir d'elle, elle mit son plan à exécution sans perdre une seconde. Après avoir rampé silencieusement entre les rochers, elle arriva tout près de la prisonnière.

— Marianne... chuchota-t-elle.

Stupéfaite, la princesse se retourna brusquement en laissant échapper une brève exclamation. Les deux hommes levèrent un instant la tête. Puis, l'ignorant, ils se remirent à boire.

— Chut ! reprit la jeune fille. Ne dites rien, Marianne. Ne faites pas de bruit, ne bougez pas...

— Rosilda ? murmura la princesse. Ce n'est pas possible ! Ce n'est pas vous !

— Chut !

— Que faites-vous ici ? Et Johann ? Mon Dieu, Johann ! fit la princesse très bas, avec désespoir. Ils l'ont attaqué, ils l'ont frappé...

Un sanglot la secoua.

— Ils l'ont tué !

— Non, Johann n'est pas mort. C'est lui qui a donné l'alerte. Votre frère et lord Dexter ne vont pas tarder à arriver. Mais il ne faut prendre aucun risque. Vous allez fuir.

— Comment ? Ce n'est pas possible...

— Si. Écoutez-moi.

Le *Grouffle* avait chassé les nuages. Maintenant la lune brillait, éclairant ce paysage de rochers d'une lueur fantasmagorique.

— Voilà ce que vous allez faire, Marianne. Je vais vous libérer. Puis vous descendrez le sentier. Derrière un buisson, vous trouverez mon cheval...

Lord Dexter suivait à son tour le chemin qu'avait pris Rosilda un peu plus tôt.

Le prince, alerté, avait aussitôt chargé celui qu'il considérait comme son homme de confiance, Ernst de Grywde, d'organiser une expédition de secours.

— Une expédition que j'accompagnerai, bien sûr, avait-il déclaré.

Quand lord Dexter avait tenté de le dissuader de mêler Ernst de Grywde à tout cela, le prince avait refusé de suivre son avis.

— Ernst m'a toujours donné les meilleurs conseils qui soient. Il me connaît, il connaît Marianne, il connaît cette région... Qui, mieux que lui, pourrait diriger la petite troupe de soldats qui va libérer ma sœur ?

N'ayant toujours aucune preuve concernant la duplicité d'Ernst de Grywde, lord Dexter avait jugé inutile d'insister.

« Si le prince est avec lui, ainsi que quelques hommes sûrs, il n'y a rien à craindre », s'était-il dit.

Et, incapable d'attendre que les soldats dévoués au souverain soient prêts, il était parti en avant. Comment aurait-il pu patienter quelques minutes de plus, quand il savait Rosilda seule dans ces montagnes hostiles ?

— Mon amour, pourquoi avez-vous agi ainsi ? s'écria-t-il, tandis que son cheval glissait sur les cailloux. Pourquoi vous êtes-vous exposée ?

Il ne le savait que trop bien. Rosilda connaissait la situation. Elle avait compris que la princesse était en danger et faisait tout ce qu'elle pouvait pour lui venir en aide – au péril de sa propre vie.

Soudain, il s'arrêta et, après s'être dissimulé derrière des éboulis de rochers, tendit l'oreille. Non, il ne s'était pas trompé, il avait bien entendu le pas d'un cheval !

Quelques instants plus tard, la mince silhouette d'une cavalière apparut.

— Rosilda !

Quand il s'aperçut que la cavalière venant en sens inverse n'était pas blonde mais brune, il se sentit d'un côté soulagé... et de l'autre infiniment déçu. Soit, la princesse était saine et sauve. Mais à quel prix ?

Marianne le reconnut elle aussi.

— Lord Dexter, fit-elle d'une voix faible.

Son cheval s'arrêta et elle se laissa littéralement choir en bas de la selle. Recrue de fatigue, elle se serait probablement effondrée si Andrew ne s'était pas précipité pour la saisir dans ses bras.

En cet instant, la princesse altière n'était plus qu'une petite fille tremblante de froid et couverte de boue.

— Altesse !

Marianne éclata en sanglots.

— C'est terrible, terrible... Et tout est ma faute !

Ses sanglots redoublèrent.

— Je... je voulais seulement être avec Johann et...

— Où est Rosilda ?

— Il faut la sauver !

— Où est-elle ?

— Elle a pris ma place.

— Quoi ? s'écria Andrew.

— Oh, elle est si courageuse ! Elle a réussi à ramper jusqu'à moi dans le noir, elle a défait mes liens, puis elle a pris mon manteau et s'en est enveloppée.

— Mon Dieu ! Et vous...

— Moi, je suis partie et j'ai récupéré son cheval là où elle m'avait dit l'avoir laissé.

Marianne se remit à pleurer.

— Pour le moment, elle fait semblant de dormir. Mais que se passera-t-il quand ces horribles individus s'apercevront qu'ils ont été dupés ?

Lord Dexter frissonna. La situation était encore plus périlleuse qu'il ne le pensait.

— Sont-ils loin d'ici ?

— Peut-être à un kilomètre, peut-être plus. Comment juger ? C'est difficile. J'ai couru, couru jusqu'à ce que je trouve le cheval...

Elle se tordit les mains.

— Comment la sauver ?

Andrew n'eut pas besoin de réfléchir longtemps.

— Il faut d'abord songer à votre sécurité. Vous allez reprendre votre cheval et descendre vers la ville par ce sentier.

— Toute seule ?

— Vous avez déjà réussi à venir seule jusqu'ici. Je suis sûr que vous aurez le courage d'aller un peu plus loin. Votre frère est juste derrière moi, avec l'équipe envoyée à votre recherche. Vous ne devriez pas tarder à les rencontrer. Dites-leur que j'ai continué ma route pour secourir Rosilda, qui est en danger. Dites-leur surtout de se hâter ! Car chaque seconde compte.

Rosilda ne s'était jamais sentie aussi seule ni aussi effrayée de sa vie. Elle avait rabattu le capuchon du manteau sur sa tête, s'efforçant de cacher sa longue chevelure blonde. Mais même si ces hommes étaient en train de s'enivrer à longues lampées d'eau-de-vie, elle savait qu'il ne leur faudrait pas longtemps pour s'apercevoir de la substitution.

Depuis combien de temps Marianne était-elle partie ? Tout en ayant l'impression que de longues heures s'étaient déjà écoulées, elle se doutait bien, au fond d'elle-même, que cela ne devait pas faire plus de vingt ou trente minutes.

Suffisamment de temps, en tout cas, pour que la princesse trouve le cheval et commence la longue descente vers le palais...

L'inquiétude la gagna.

« Et si elle avait glissé sur les cailloux et s'était fait une entorse ou, pire, s'était brisé la jambe ? Et si le cheval avait réussi à se libérer et était parti ? »

À ce moment-là, l'un des hommes se leva et vint lui tendre un gobelet en aluminium rempli d'alcool. Elle secoua la tête en se recroquevillant encore un peu plus sur elle-même.

L'homme lança quelques mots en karwinien avant d'éclater de rire et de rejoindre son complice près du feu.

Rosilda tremblait de tous ses membres.

« Ils n'ont encore rien remarqué. Mais lorsqu'ils se rendront compte que je ne suis pas la princesse... que se passera-t-il ? »

Dieu seul savait le sort qu'ils lui réserveraient ! Furieux de constater que leur proie s'était enfuie, ils risquaient de passer leur rage sur elle. Elle pouvait alors s'attendre à tout ! À recevoir une balle en plein cœur comme à être jetée dans un ravin. À moins qu'ils ne lui fassent subir les pires supplices, les pires outrages ?

Comme Rosilda l'avait fait un peu auparavant pour s'approcher de la princesse, lord Dexter rampa jusqu'à se trouver à sa hauteur. Une mule s'ébroua et l'un des hommes assis près du feu jeta à l'animal un coup d'œil indifférent avant de s'étirer en bâillant.

— Rosilda ? murmura lord Dexter. C'est moi...

La jeune fille sentit son cœur faire de grands bonds désordonnés. Andrew l'avait trouvée ! Andrew allait la sauver !

— Ne faites pas de gestes inconsidérés, reprit-il. Il ne faut à aucun prix attirer leur attention.

— Vous êtes venu... fit-elle avec reconnaissance.

— Vous ont-ils fait mal ?

— Non. Et ils ne se sont pas encore aperçus que j'avais pris la place de Marianne.

Elle frissonna.

— Je... je suis gelée. Je ne sens plus mes mains ni mes pieds.

L'angoisse la saisit.

— Avez-vous vu Marianne ?

— Oui. Je l'ai croisée quand elle descendait à cheval. Votre courage l'a sauvée… Elle a maintenant dû retrouver son frère. Mais le temps presse. Il faut que vous vous traîniez jusqu'à moi sans faire de bruit.

Paralysée par le froid, la jeune fille se demanda si elle en était capable.

— Je… je ne sais pas. Je ne peux plus bouger…

— Encore un effort, Rosilda, mon amour. Il n'y a pas une seconde à perdre. Car lorsqu'ils découvriront que vous n'êtes pas la princesse, votre vie ne vaudra pas cher. En effet, qu'ont-ils à perdre ?

La jeune fille serra le manteau de Marianne autour d'elle. Andrew l'avait appelée « mon amour », cela lui donnait tous les courages.

— Venez, mon amour.

Oubliant ses pieds glacés dans les escarpins en satin trempés, elle réussit à aller jusqu'à lui. Après l'avoir aidée à se relever, il l'étreignit passionnément, tout en déposant une pluie de baisers sur son visage.

Un ricanement retentit.

— En voilà une scène charmante !

Lord Dexter et Rosilda se tournèrent du même mouvement vers celui qui venait de lancer cette exclamation moqueuse en anglais.

Ernst de Grywde !

Ce dernier, le visage triomphant, les tenait en joue, tandis que le canon de son fusil étincelait dans un rayon de lune.

— Le héros sauve l'héroïne d'un destin pire que la mort ! poursuivit-il avec ironie. Mais à la dernière minute… Quel rebondissement !

— Je ne me trompais pas, fit lord Dexter avec mépris. Vous êtes derrière tout cela.

— Vous êtes le seul à me soupçonner et, pour cela, vous allez mourir.

Cette menace laissa lord Dexter de glace.

— Vous croyez qu'un tel crime restera impuni ? À votre place, je serais moins sûr de moi.

— Cessez de fanfaronner !

— Pourquoi vouliez-vous à tout prix empêcher la princesse de revenir en Karwinie ?

— Pour éviter son mariage.

— Ah, c'est donc cela !

— Pas question de la laisser épouser le duc de Szentheliev. Celui-ci a déjà pris trop d'importance dans la région. Un tel mariage ne ferait que renforcer sa puissance.

— En quoi cela peut-il vous gêner ?

Ernst de Grywde se remit à ricaner.

— J'ai mon plan.

— Vraiment ?

Agacé par le ton incrédule de lord Dexter, Grywde lança avec colère :

— Vous me prenez pour un imbécile ! En quoi vous avez tort. Tout cela a été longuement mûri.

— Vraiment ?

— Oui. Une fois que j'aurai réussi à isoler la Karwinie de ses voisins, il ne me restera plus qu'à me débarrasser de ce jeune idiot, Franz... et à prendre le contrôle du pays.

— C'est donc cela...

— La princesse... commença Rosilda.

— Elle est tombée dans les bras de son frère chéri. Quelles touchantes retrouvailles !

— Vous êtes odieux ! s'écria lord Dexter.

— Des insultes ? Bah ! Vous pouvez me traiter de tous les noms, si cela peut vous amuser. Sachez, mon ami, que cela me laisse totalement froid. Et de toute façon, étant donné le peu de temps qui vous reste à vivre...

Rosilda sentit lord Dexter se raidir à ses côtés.

— Je suis le meilleur ami de cet idiot de Franz, reprit Ernst de Grywde.

Avec une visible satisfaction, il poursuivit :

— C'est du moins ce qu'il croit. Aussi, quand je lui ai conseillé de retourner avec sa sœur et quelques gardes du corps jusqu'au palais, il n'a pas hésité. C'est qu'après une pareille expédition, la chère enfant a besoin d'un bon bain chaud et de réconfort...

Son ricanement retentit une nouvelle fois.

— Quant à moi, j'ai dit que j'allais au secours de Mlle Harvey. À dessein, j'ai envoyé les hommes qui m'accompagnaient sur une autre piste. Car je savais exactement où vous trouver et ne tenais pas à avoir de témoins...

Rosilda retint sa respiration. Ce discours signifiait-il qu'Ernst de Grywde avait l'intention de les massacrer tous les deux ? Était-ce pour cela qu'il n'hésitait pas à se vanter devant eux de ses projets ?

— Ce qui m'a arrangé, c'est que je connaissais les intentions de la princesse, déclara Ernst de Grywde avec suffisance.

— Comment est-ce possible ? s'écria Rosilda.

— Oui, je savais qu'elle continuait à voir en cachette le jeune Brantislav. Sa femme de chambre, que j'avais soudoyée, a découvert qu'elle préparait son départ. Pour éviter une humiliation au duc de Szentheliev, j'en ai déduit qu'elle s'enfuirait avant l'annonce des fiançailles. Je ne m'étais pas trompé !

— Vous êtes très fort, railla lord Dexter.

Le canon bien huilé étincela de nouveau.

— Moquez-vous si cela vous amuse ! Vous ne vous moquerez plus longtemps...

Avec un sourire de triomphe, Ernst de Grywde poursuivit :

— Comme cet idiot de Franz me demande mon avis sur tout, je vais donc lui conseiller d'envoyer le jeune Brantislav en exil. Le plus loin possible... Pourquoi pas en Amérique ? Quant à la princesse, nous allons l'enfermer dans un couvent afin de lui apprendre un peu d'humilité. Je dirai à son frère que cela ne lui fera pas de mal d'être sous la férule des nonnes pendant deux ou trois mois... Ha, ha ! Elle y restera jusqu'à la fin de ses jours ! Surtout une fois que je me serai emparé du pouvoir !

Il adressa un coup d'œil satanique aux deux personnes qu'il tenait en joue.

— Et nul ne vivra pour me dénoncer !

En entendant cela, Rosilda, qui était déjà glacée, eut encore plus froid. Andrew la serra contre lui.

— Grywde, ayez au moins pitié de Mlle Harvey ! Elle n'est pour rien dans tout cela ! Quel mal vous a-t-elle fait ? Aucun ? Laissez-la donc partir !

— Ce qu'elle m'a fait ? Elle a gâché tous mes plans... Qu'avait-elle besoin de suivre mes hommes jusqu'ici ? Elle s'est mêlée de ce qui ne la regardait pas et, à cause de cela, elle va mourir. Tout comme vous, Dexter !

Son ricanement diabolique retentit encore une fois.

— C'est moi qui aurai la douleur de découvrir vos corps. Enfin, c'est du moins ce que je prétendrai quand j'irai apporter la triste nouvelle au prince... On pensera que les ravisseurs de la princesse vous ont tués tous les deux.

Soulevée par l'indignation, Rosilda s'écria :

— Vous n'avez pas honte ? Vous êtes le plus ignoble des individus !

Elle se redressa avec fierté.

— Je n'ai pas peur de mourir... Mais avant cela, laissez-moi vous dire que vos plans machiavéliques échoueront.

— Impossible ! Tout a été calculé.

Il toisa la jeune fille.

— Comment osez-vous me parler sur ce ton, petite pimbêche ?

— La princesse Marianne ne manque ni de courage ni de détermination. Si vous croyez qu'elle restera prisonnière dans un couvent ! Elle s'en échappera et soulèvera son peuple contre vous. Car jamais les Karwiniens ne vous accepteront comme prince ! Vous m'entendez ? Jamais !

En entendant cela, Grywde laissa échapper un cri de fureur. Attirés par le bruit, les deux hommes censés garder la princesse apparurent. Ils marquèrent le même mouvement de recul en voyant leur chef tenir en joue un inconnu ainsi que celle qu'ils prenaient pour leur prisonnière.

Grywde leur indiqua leur camp d'un geste impérieux en leur lançant quelques ordres. L'un des hommes, désignant le fusil dont le canon restait braqué sur lord Dexter et Rosilda, lui posa une question. Quand Grywde leur répondit, il parut mal à l'aise, tout comme son compagnon.

— Au moins, ces deux-là ne sont pas des assassins, murmura Andrew. Des voleurs, des scélérats, soit ! Mais pas des meurtriers.

Les deux hommes se concertèrent à mi-voix. Puis ils sautèrent sur leurs mules et, ignorant les cris de Grywde, filèrent au trot vers les sommets.

— Les rats désertent le navire, eh, Grywde ! lança lord Dexter. À votre place, je m'enfuirais aussi. Car ce n'est pas le trône de Karwinie qui vous attend, mais la corde.

— De toute façon, vous ne serez plus là pour le voir, rétorqua Grywde en faisant sauter le cran de sécurité de son arme.

Lord Dexter serra la jeune fille contre lui.

— Il vient un moment où il faut reconnaître la défaite... Je suis navré de vous avoir entraînée dans une pareille aventure.

— C'est cela, faites-lui vos adieux ! se moqua Grywde.

L'ignorant, Andrew poursuivit :

— Tout aurait pu être si bien pour nous deux ! Hélas...

La colère submergea la jeune fille. Une colère sans nom... Quoi, tout était fini ? Ils allaient mourir ? Elle allait être fusillée à dix-huit ans, sans même avoir vécu ? Alors qu'elle venait à peine de découvrir l'amour ?

Elle se retrouva soudain transportée dans le parc du pensionnat, à l'ombre de l'un des grands chênes qui avaient donné leur nom à l'école.

Les pensionnaires jouaient avec des balles de tennis... et elle crut entendre la voix claire de Jane Burton.

— Vous lancez vos balles avec une force incroyable, Rosilda. Et comme vous visez bien ! Vous ne manquez jamais votre but !

Pendant que Grywde ajustait son arme, elle trouva au fond de sa poche les deux petits cailloux avec lesquels avait joué lord Dexter, dans une journée ensoleillée. Ces deux cailloux que, sentimentalement, elle transportait partout avec elle...

Sans prendre le temps de réfléchir, elle s'empara du plus gros et, de toutes ses forces, le lança à la tête d'Ernst de Grywde. Frappé en plein front, il vacilla et lâcha son arme.

Lord Dexter bondit dessus et s'en empara.

— Désolé, Grywde, mais je dois vous immobiliser. On ne peut pas laisser des individus de votre genre courir la nature.

Il tira, visant l'un, puis l'autre des genoux du traître. Celui-ci s'effondra avec un hurlement presque inhumain qui se répercuta de rocher en rocher. Rosilda porta la main à son cœur.

— Mon Dieu ! Quelle horreur !

Andrew la reprit par les épaules.

— Courage, mon amour. Vous vous êtes conduite jusqu'à présent d'une manière héroïque. Sans votre adresse et notre présence d'esprit, où serions-nous maintenant ?

— C'est terrible ! Le malheureux...

— Vous oubliez qu'un instant auparavant, ce « malheureux » était sur le point de nous tuer ? Vous oubliez le sort qu'il réservait au prince Franz et à la princesse Marianne ?

— Oui, mais...

— C'était lui ou nous. Il fallait absolument le mettre hors d'état de nuire.

À l'adresse d'Ernst de Grywde qui se tordait de douleur, lord Dexter jeta :

— J'aurais pu vous tuer, je ne l'ai pas fait. Reconnaissez au moins que nous manifestons à votre égard plus de pitié que vous n'en manifestiez envers nous.

— J'ai mal ! gémit Grwyde. J'ai froid !

— La princesse aussi avait froid, lui rappela Rosilda, choquée. Tout comme moi.

— Oh, vous !

Avec haine, il lança :

— C'est à cause de vous que tout a échoué ! Je ne vous le pardonnerai jamais ! Je...

— Ne pensez pas à la vengeance, coupa lord Dexter. Elle vous est désormais interdite.

Grywde laissa échapper un couinement d'animal.

— Vous allez me laisser mourir ici ?

— Non. Je vais prévenir les secours. On viendra vous chercher... pour vous emmener là où vous passerez le reste de vos jours : en prison.

Après une brève pause, il ajouta :

— À moins que les juges ne vous envoient à l'échafaud ou à la potence.

Sur ces mots, il souleva Rosilda sans effort, la hissa sur la mule restée près du feu de camp qui s'éteignait et guida celle-ci vers le sentier.

— Venez, mon amour, dit-il en déposant un baiser au creux de la main de la jeune fille. Nous devrions retrouver mon cheval un peu plus bas.

Ils se trouvaient à une centaine de mètres de l'endroit où ils avaient laissé Ernst de Grywde quand un grondement sourd se fit entendre.

Andrew fronça les sourcils.

— Qu'est-ce que cela signifie ? murmura-t-il.

Le silence régnait maintenant. Cela ne dura pas plus de quelques instants. Le grondement reprit, tandis qu'un énorme rocher tombait. Un second. Un troisième... Puis ce fut une avalanche de boue et de rocs.

— Les coups de fusil ont tout déclenché... dit lord Dexter.

Et il eut un drôle de petit rire. C'était un son étrange, un peu rauque, qui sonnait faux. Le rire d'un homme qui, quelques minutes auparavant, avait cru que tout était fini pour lui.

Il hâta le pas, entraînant la mule, tandis que les rochers, dont l'assise avait déjà été affaiblie par ces trombes d'eau, continuaient à s'abattre juste à l'endroit où était resté Ernst de Grywde.

— Il n'a aucune chance de survivre à un pareil éboulement.

— Quelle horreur !

— Cela vaut peut-être mieux.

Pensif, lord Dexter enchaîna :

— Un petit caillou a réussi à changer notre destin... et le sien.

Rosilda frissonna.

— Jamais je n'oublierai cette terrible nuit.

— Jamais nous ne l'oublierons, mon amour, fit Andrew en pressant tendrement la main de la jeune fille.

Ils ne tardèrent pas à arriver à l'endroit où lord Dexter avait attaché son cheval.

La chute des rochers avait cessé. Le *Grouffle* ne soufflait plus et une pleine lune, dorée comme un énorme lampion, brillait dans un ciel désormais sans nuages.

Lord Dexter fit descendre Rosilda de la mule.

— Vous serez plus à l'aise avec moi sur ce solide cheval, dit-il en asseyant la jeune fille à l'avant de la selle.

Comme elle grelottait, il poursuivit :

— Vous êtes glacée ! Je vais vous réchauffer contre mon cœur.

Là-dessus, il se mit à cheval et la serra contre lui. Il n'eut pas besoin de guider sa monture pour que celle-ci emprunte immédiatement le chemin du retour.

— Et la mule ? s'inquiéta Rosilda.

— Elle va suivre sans se faire prier. Même si ce cheval a le pied sûr, nous ne pouvons pas, de toute façon, aller trop vite dans la descente.

Peu à peu, la jeune fille sentit la chaleur d'Andrew l'envelopper. Elle ferma les yeux.

« Je n'ai jamais été si bien de ma vie », pensa-t-elle.

D'une voix un peu engourdie, elle murmura :

— Vous m'avez sauvée.

— C'est vous qui nous avez sauvés. Comment avez-vous réussi à lancer une pierre avec une telle précision ? Si vous saviez combien je vous admire pour votre adresse et votre présence d'esprit !

Rosilda se blottit contre lui.

— Je n'ai pas pris le temps de réfléchir.

— Heureusement ! Une seconde de plus nous aurait été fatale.

Il s'efforça de rire, de ce rire rauque qui disait qu'il n'en revenait toujours pas d'être encore en vie.

— C'est l'histoire de David et de Goliath, dit-il. Ou comme quoi il est bon d'avoir toujours un petit caillou dans sa poche.

— Votre caillou.

— Comment cela ?

— Lorsque nous traversions les montagnes à dos de mule, sous la conduite de Pietr, nous avons fait une halte. Vous vous amusiez à lancer en l'air deux cailloux... Je les ai gardés.

— Adorable Rosilda ! Vous avez tant, tant de qualités ! Le courage, la franchise, l'esprit de décision, l'esprit d'aventure...

Andrew resserra son étreinte.

— Et vous êtes si belle, aussi ! Je vous aime, Rosilda. Je vous aime de tout mon cœur et de toute mon âme... Mon rêve le plus cher ? Que vous acceptiez de devenir ma femme.

Rosilda eut l'impression qu'elle allait défaillir.

— Oh ! fit-elle seulement d'une voix étranglée.

Il soupira.

— Je reconnais que le moment et le lieu sont mal choisis pour une déclaration d'amour.

— Non ! s'écria-t-elle. Oh, non !

Elle se blottit contre lui.

— Andrew, sachez que moi aussi je vous aime. De tout mon cœur, de toute mon âme... Et je trouve que le moment comme le lieu sont merveilleusement bien choisis.

En contemplant le ciel de velours noir, elle ajouta :

— En effet, qu'y a-t-il de plus beau qu'un clair de lune ?

Leurs lèvres se rencontrèrent dans un baiser sans fin, tandis que le cheval continuait sa descente au pas, faisant rouler les pierres sous ses sabots.

Soudain, lord Dexter releva la tête.

— Avez-vous entendu ? demanda-t-il.

— Quoi donc ? fit la jeune fille, en plein rêve éveillé.

— Des chevaux... Et je vois maintenant des lumières.

Il parut soulagé.

— Voilà ceux qui ont été envoyés à notre recherche.

Trois mois plus tard, dans la petite église en granit d'un village des Cornouailles décorée d'une profusion de fleurs blanches, lord Dexter épousait Rosilda Harvey.

Sans enthousiasme, lady Béatrice Remington était revenue d'Italie pour chaperonner sa petite-nièce et assister au mariage.

— Je reconnais que tu n'aurais pas pu trouver mieux que lord Dexter, avait-elle dit à Rosilda d'un ton pincé. J'avoue que je n'en suis pas encore revenue !

Comment sa nièce avait-elle réussi à faire un aussi beau mariage ? Cela lui paraissait absolument invraisemblable.

Quelques jours auparavant, la famille princière de Karwinie était arrivée dans le ravissant château qui appartenait à la famille Dexter depuis des siècles.

Les cadeaux ne cessaient d'affluer. Sa Majesté la reine Victoria elle-même avait fait livrer un magnifique service de verres en cristal gravé. Il était également arrivé deux jolies mules blanches, ce qui avait surpris tout le monde. Sauf Andrew et Rosilda qui avaient compris qu'elles étaient envoyées par Pietr, un certain bandit karwinien…

Vêtue d'une robe en soie bleu pâle ornée d'entre-deux de précieuse dentelle et coiffée d'un chapeau orné d'une gigantesque plume d'autruche, la princesse Marianne était assise au premier rang de l'église.

Il était évident qu'elle avait mûri. Elle ne ressemblait plus guère à la pensionnaire capricieuse du pensionnat des Cinq-Chênes ! À côté d'elle se tenait l'amour de sa vie, Johann Brantislav. En uniforme de capitaine de l'armée karwinienne, il avait beaucoup de prestance. Leurs fiançailles avaient été célébrées, mais à la demande du prince, leur mariage n'aurait pas lieu avant un an.

Son enlèvement mouvementé avait fait comprendre beaucoup de choses à Marianne. Elle était désormais bien décidée à tenir sa place en Karwinie – et pas seulement un rôle de représentation.

La grande-duchesse Liz avait quitté la petite principauté dès qu'elle avait appris que non seulement la traîtrise d'Ernst de Grywde avait été découverte, mais que, de plus, il avait péri dans un éboulis de rocs. On disait qu'elle était allée se réfugier en Argentine et qu'on ne la reverrait jamais en Karwinie.

L'orgue gronda et tout le monde se retourna pour voir entrer la mariée, au bras du prince Franz.

Lorsqu'il avait appris que Rosilda n'avait plus de père, et pas davantage de frère ou d'oncle, il avait insisté pour être celui qui la conduirait à l'autel.

— Jamais je ne pourrai vous remercier assez, n'avait-il cessé de dire à lord Dexter et à la jeune fille avant leur retour en Angleterre. Ma dette envers vous est immense !

Lui aussi avait mûri en quelques mois. Mais lord Dexter ne lui prêtait aucune attention : il n'avait d'yeux que pour la ravissante mariée.

Rosilda portait une merveilleuse robe en soie blanche ornée d'une quantité de minuscules perles. Le voile qui cascadait derrière elle sur le tapis rouge était maintenu par un diadème inestimable en perles, en saphirs et en diamants – un cadeau de la famille princière de Karwinie.

Après une cérémonie très émouvante, le prince glissa une étroite alliance d'or au doigt de celle qui venait de devenir sa femme. Puis il souleva son voile. Et pour la première fois de sa vie, cet homme qui avait su affronter mille dangers s'aperçut que ses doigts tremblaient légèrement.

Leurs yeux se rencontrèrent. Il y avait tant de passion dans ceux de la jeune fille qu'il en eut la respiration coupée.

— Rosilda, mon amour, fit-il dans un souffle.

Le lendemain, ils partiraient à bord de son yacht pour un long voyage de noces qui le mènerait tout d'abord en Italie et en Grèce, avant de mettre le cap sur des contrées plus exotiques.

Ce grand bateau blanc était amarré dans le port privé dépendant du château. Quand Andrew l'avait acheté, il lui avait laissé son nom : *Neptune*. Mais depuis, il l'avait débaptisé.

Et c'était Rosilda elle-même qui avait brisé un magnum de champagne sur la proue… du *Rosilda*.

Découvrez les prochaines nouveautés des différentes collections J'ai lu pour elle

AVENTURES & PASSIONS

Le 1er février

Inédit **L'inferno Club - 1 - Caresses diaboliques**

Gaelen Foley

De retour à Londres, après deux ans d'absence, le marquis de Rotherstone espère rétablir la réputation de sa famille en épousant une demoiselle exemplaire et en fréquentant la haute société. Quand on lui dresse la liste des jeunes célibataires, c'est Daphné Starling qui retient son attention. Le marquis ne peut résister à ses charmes, mais la jeune femme s'inquiète. Qui est-il vraiment et quel est ce lieu secret qu'il fréquente, surnommé l'Inferno Club ?

Inédit **Les carnets secrets de Miranda** **Julia Quinn**

Après l'échec de son mariage, le vicomte Turner, est bien décidé à faire une croix sur l'amour. Il y a pourtant une femme susceptible d'éveiller son intérêt, une femme qu'il ne cesse de croiser ces derniers temps... Miranda Cheever, l'amie d'enfance de sa petite sœur. Miranda, la gamine insignifiante à qui Turner a autrefois offert un journal intime, en lui promettant qu'un jour elle deviendrait jolie. Miranda, aujourd'hui des plus séduisantes...

Inédit **Les frères Malory - 10 - Mariés par devoir**

Johanna Lindsey

Il y a neuf ans, quand son père l'a fiancé de force à la fille d'un riche marchand londonien, Richard Allen a fui l'Angleterre, déterminé à diriger sa vie. Aux Caraïbes, où il a rejoint une bande de pirates, il a sillonné les mers sous une fausse identité. De retour à Londres, il rencontre une superbe jeune femme... qui n'est autre que Julia Miller, sa fiancée !

Un héritage compromettant ☙ **Leslie Lafoy**
À Belize, depuis la disparition de son mari en pleine jungle, Seraphina vit sans le moindre argent... et est en charge de trois petites orphelines ! Quand elle reçoit une lettre d'Angleterre, adressée au père des fillettes, la chance semble lui sourire. Car l'enveloppe contient deux cents livres ! Bien décidée à les emmener chez leur oncle, Seraphina part pour Londres. Leur oncle... Carden Reeves, le plus célèbre libertin de toute la ville !

Le 15 février

Inédit ***Les sœurs d'Irlande - 2 - Anna, la bohème*** ☙
Laurel McKee
Irlande, 1799. Jeune frivole et espiègle, Anna Blacknall est d'une beauté sans pareil. Dans les salons de Dublin, elle est courtisée de tous mais elle ne peut se résigner à épouser l'un de ses prétendants. Quand elle se rend dans un club licencieux où est organisé un bal, elle se retrouve très vite dans les bras d'un mystérieux Irlandais, aux yeux émeraude. Et, bien qu'il soit masqué, son baiser passionné semble à Anna étrangement familier...

Les Lockhart - 1 - Le dragon maudit ☙ **Julia London**
Écosse, 1449. Après dix ans dans l'armée, Liam Lockhart rentre chez lui, auprès d'une famille pauvre et démunie. Depuis des siècles, la lignée des Lockhart fonde tous ses espoirs dans une légende... Celle d'une statuette antique, un dragon d'or incrusté de rubis. Apparemment, elle serait aujourd'hui aux mains des Anglais. Aller à Londres et la voler, voilà la mission de Liam. Une tâche bien difficile qui se corse quand il croise la belle Ellen Farnsworth...

Le 1er février

FRISSONS

Du suspense et de la passion

Inédit ***Un mariage en noir*** ❧ **Linda Howard**

En plein hiver, Gabriel, fils du sheriff de la ville, doit aller aider sa voisine Lolly. Le gel et la glace ont brouillé les lignes et personne n'arrive à la joindre. Gabriel aperçoit des hommes armés chez elle. Comment faire pour la tirer de là alors que la tempête de neige fait rage au dehors ?

Inédit ***Untraceable*** ❧ **Laura Griffin**

La détective privée Alexandra Lovell sait manier les logiciels et effacer la trace des gens, afin qu'ils recommencent leur vie en sûreté. Battue par son mari, Melanie Bess était une de ses clientes. Lorsque cette femme se volatilise littéralement, Alexandra va mettre tout en œuvre pour la retrouver. Aidée de son ténébreux coéquipier, la détective devra faire vite si elle ne veut pas disparaître à son tour.

Le 15 février

Passion intense

Des romans légers et coquins

Inédit **_Les frères McCloud - 1 -_**

Derrière les portes closes ∞ **Lisa Marie Rice**

Expert en surveillance, Seth Mackey espionne la vie du millionnaire Victor Lazar et de ses innombrables maitresses. La dernière en date est d'ailleurs très différente. Raine Cameron est belle, vulnérable, innocente. Nuit après nuit, au fur et à mesure qu'il l'observe sur ses écrans vidéo, Seth sent s'éveiller en lui une ardente passion. Mais il ne peut se permettre la moindre erreur. Seth en est persuadé, Lazar a tué son demi-frère. Il lui faut donc mener l'enquête dans le plus grand secret car sa vie est en jeu. Et pas seulement la sienne...

Désir brûlant ∞ **Nicole Jordan**

Presque toutes les nuits, Raven Kendrick fait un rêve... un rêve érotique dans lequel elle est sur une plage exotique avec l'amant de ses rêves.
Raven débarque à Londres où elle doit épouser un illustre duc. Le jour de son mariage, elle est mystérieusement enlevée. Le frère de son ravisseur, Kell Lasseter, vole à son secours. Et, pour réparer les torts causés par son frère, il la demande en mariage. Raven accepte car seule cette union arrangée pourrait sauver sa réputation, mais un ardent désir va les unir malgré eux... D'autant que Kell ressemble intensément à l'amant torride qui hante les nuits de Raven...

Le 1er février

CRÉPUSCULE

Inédit **_L'exécutrice - 4 -_**

L'Orchidée et l'Araignée ∞ Jennifer Estep

Me voilà, Gin Blanco, redoutable tueuse à gages connue sous le nom de l'Araignée. J'ai une cible bien précise : Mab Monroe, une élémentale de Feu. Cette dernière a engagé l'un des assassins les plus dangereux pour me piéger. Elektra LaFleur, habile et efficace, détentrice d'une magie élémentale mortelle, aussi puissante que mes propres pouvoirs. Ce qui signifie donc qu'une seule de nous deux restera en vie... Et Elektra a une deuxième mission : tuer ma petite sœur, l'inspectrice Bria Coolidge. Gros problème : Bria n'a aucune idée que je suis sa sœur... ou plutôt le meurtrier qu'elle traque depuis des semaines. Or, ce que Bria ne sait pas pourrait faire bien des victimes...

Et toujours la reine du roman sentimental :

Barbara Cartland

« Les romans de Barbara Cartland nous transportent dans un monde passé, mais si proche de nous en ce qui concerne les sentiments. L'amour y est un protagoniste à part entière : un amour parfois contrarié, qui souvent arrive de façon imprévue.
Grâce à son style, Barbara Cartland nous apprend que les rêves peuvent toujours se réaliser et qu'il ne faut jamais désespérer. »

Angela Fracchiolla, lectrice, Italie

Le 1er février
Une trop jolie écossaise

Le 15 février
Qui êtes-vous, Alexander ?

9822

Composition
FACOMPO

Achevé d'imprimer en Italie
par Grafica Veneta
le 6 décembre 2011.

Dépôt légal : décembre 2011.
EAN 9782290034873

ÉDITIONS J'AI LU
87, quai Panhard-et-Levassor, 75013 Paris

Diffusion France et étranger : Flammarion